Acontecimento
da poesia

Fernando Paixão

Acontecimento
da poesia

ILUMINURAS

Copyright © 2019
Fernando Paixão

Copyright © desta edição
Editora Iluminuras Ltda.

Capa e projeto gráfico
Eder Cardoso / Iluminuras

Imagens da capa e miolo
Cristiano Mascaro

Revisão
Bárbara Borges

CIP-BRASIL. CATALOGAÇÃO NA PUBLICAÇÃO
SINDICATO NACIONAL DOS EDITORES DE LIVROS, RJ
P172a

Paixão, Fernando, 1955-
Acontecimento da poesia / Fernando Paixão. - 1. ed. - São Paulo : Iluminuras, 2019.
160 p. : il. ; 21 cm.

ISBN 978-85-7321-595-3

1. Poesia - História e crítica. 2. Literatura comparada. I. Título.

18-53002 CDD: 809.1
CDU: 82.09

2019
EDITORA ILUMINURAS LTDA.
Rua Inácio Pereira da Rocha, 389 - 05432-011 - São Paulo - SP - Brasil
Tel./Fax: 55 11 3031-6161
iluminuras@iluminuras.com.br
www.iluminuras.com.br

SUMÁRIO

Acontecimento, 9
Nota e agradecimentos, 11

PARTE I
DA POESIA

Poesia chamada ao *front*: Israel e Palestina, 15
Ao redor de José Paulo Paes, 19
Heteroleitores na multidão: Fernando Pessoa, 27
O carteiro e o poeta vistos na tela, 33
O ser e o tempo de um crítico: Alfredo Bosi, 41
Sabor de *Macunaíma* na poesia modernista, 51
Modernismos em confronto: Brasil e Portugal, 63
Conexões poéticas luso-brasileiras, 69

PARTE II
DOS POETAS

José Paulo Paes: epigramática exata, 77
Vinicius de Moraes: o menestrel brasileiro, 89
Rubens Rodrigues Torres Filho: versos de um trapezista, 93
Georges Bataille: explosão em silêncio, 99
François Cheng: encontro de duas tradições, 105
Radovan Ivšić: poesia que sonha, 113
Fernando Pessoa e o *Fausto* moderno, 119
Mário de Sá-Carneiro: poeta das sensações, 123

PARTE III
DO AUTOR

Depoimento: Das asas do eterno às mãos do azulejista, 141
Entrevista: Uma voz portuguesa na poesia brasileira, 147

Referências dos textos, 157

A José Luiz Passos
e Samuel Leon,
as afinidades eletivas.

Para Radovan Ivšić
e José Paulo Paes,
que me ensinaram poesia.

Acontecimento

Acontece de a poesia ser motivo de conflito entre as nações — como se deu entre Israel e a Palestina, no ano 2000 — ou elemento que promove a amizade entre o carteiro e o poeta. Entre uma coisa e outra, entre o plano elevado dos símbolos e o cotidiano dos dias, abre-se um leque de possibilidades capazes de conduzir à palavra poética.

Acontece também de o bom poeta transformar-se num alquimista do verbo para dar conta de sua visada sobre o mundo. Cada escritor é entendido como o acontecimento de uma "voz", portadora de um talento doloroso e obscuro, a exemplo de José Paulo Paes, Vinicius de Moraes, Fernando Pessoa, Georges Bataille e Mário de Sá-Carneiro, entre outros que visitam as páginas seguintes.

E acontece ainda de o pensamento crítico conduzir a um aprendizado pessoal. É o caso deste livro, que apresenta uma seleção de textos escritos ao longo de muitos anos, elegendo temas e autores que tiveram forte influência sobre minha formação intelectual. Mostram olhares (e momentos) distintos em que se dá meu entendimento sobre a poesia.

Se tivesse de eleger um fio comum aos diversos ensaios, diria que está no fato de reconhecer o ato poético como uma intervenção simbólica vigorosa — de alto poder encantatório (ou corrosivo) sobre as coisas. Segue-se aqui o ensinamento de Octavio Paz, para quem "a poesia nasce no silêncio e no balbucio, no não poder dizer, mas aspira irresistivelmente a recuperar a linguagem como uma realidade total".[1]

Ao lançar atenção sobre os poemas — ou sobre os autores e suas circunstâncias —, o olhar crítico deve ter a boa medida da aproximação. Sabe que não explica tudo, nem deve, mas não pode resistir a querer desvendar certos engenhos da expressão. A poesia verdadeira, afinal, está além das palavras e dos versos. Acontece onde menos se espera, onde o mistério não se esgota.

F. P.

---

[1] PAZ, Octavio. *O arco e a lira*. Rio de Janeiro: Nova Fronteira, 1982, p. 344.

Nota e agradecimentos

Este livro reúne um conjunto de ensaios escritos ao longo dos últimos trinta anos, boa parte deles publicada fora do âmbito acadêmico. Foi um período decisivo para a formação de meu gosto literário, fazendo-me descobrir afinidades que levaram à reflexão e ao estudo. Ao comentar a obra de alguns autores, tornamo-los em interlocutores de ofício poético.

Ao reler os textos para esta edição, não foi pouca a tentação de alterar aqui e ali, de mudar um parágrafo e outro. Contudo, isso implicaria apagar um pouco do esforço e da intuição iniciais, algo como negar os passos da própria caminhada. Optei, então, por uma atitude mais discreta: foram revisadas apenas as passagens ambíguas ou imprecisas, mantendo o essencial da versão original.

Aproveito para agradecer aos editores de todas as publicações que acolheram (ou encomendaram) inicialmente os textos. Em vários casos, recebi comentários de leitores, retorno que justificou a empreitada. Agradeço ainda a Cristiano Mascaro, fotógrafo-poeta, que prontamente autorizou o uso de suas imagens para esta edição — exemplos de acontecimento do olhar.

PARTE I
DA POESIA

Poesia chamada ao *front*:
Israel e Palestina

A Autoridade Nacional Palestina disse ontem que pretende introduzir literatura israelense em seus currículos escolares. A decisão veio em resposta à crise política causada pelo anúncio do ministro da Educação de Israel, Yossi Sarid, de que vai incluir os trabalhos de Mahmoud Darwish, importante poeta nacional palestino, nas aulas de literatura do país.

A proposta de Sarid, do partido Meretz (esquerda), foi mais um motivo de racha na coalizão que sustenta o governo do premiê trabalhista, Ehud Barak.[1]

No canto inferior de uma página do caderno de notícias internacionais de um jornal paulista, foi publicada essa notícia, destoando claramente do cotidiano sangrento que há décadas caracteriza a disputa entre palestinos e israelenses. É de chamar a atenção que generais inimigos, do alto de suas estratégias militares, tenham considerado importante convocar a poesia a participar do campo de batalha.

Sob o estrondo de mísseis e foguetes que atemorizam as cidades e os subúrbios de ambos os lados, constata-se (não sem o gosto amargo da descrença) que ainda resta à comiserada arte de escrever versos o papel de moeda na intermediação do conflito entre homens que se aniquilam. O acontecimento chegaria a ser comovente, e deixaria alegres os amantes da poesia, se nessa atitude não se vislumbrassem traços de perversa diplomacia, a ocultar o fato de que é justamente a incapacidade de palestinos e israelenses de se enxergarem e se respeitarem como povos autônomos que os faz retornar ao mistério primeiro da língua.

Repisando a costumeira inocência dos poetas e escritores para os assuntos da política, poderíamos passar ao delírio e concluir que, por meio desse gesto, os generais desejam lavar sua culpa na água fresca dos sons e dos sentidos das imagens poéticas. Sensibilizados pela

---

[1] AUTORIDADE Palestina vai ensinar literatura israelense nas escolas. *Folha de S.Paulo*, São Paulo, 15 mar. 2000. Mundo, p. 4. Disponível em: <http://www1.folha.uol.com.br/fsp/mundo/ft1503200007.htm>.

música das esferas, talvez eles venham a ordenar a seus soldados que descansem as armas e se reconciliem. Mas não. Não é bem disso que se trata. Não sejamos tão ingênuos, caros poetas, caros leitores. Amanhã, a mesma página de jornal estampará fotos de outros mortos, noticiará novos ataques e repetitivas declarações oficiais, que na verdade são invólucros de palavras, envelopes vazios produzidos pela ação política de fortes interesses.

Então, o que faz a flor da poesia nessa paisagem de terra desolada? O mais provável é que tenha sido invocada em nome de outra coisa, indigna de aparecer na fala dos comandantes. Incapazes de uma verdadeira troca de olhares, os donos da guerra permutam versos e páginas de contos e romances, como os indígenas norte-americanos costumavam fazer com as mensagens de fumaça. Qualquer recuo ou indício de trégua tem de ser velado, dissipado na atmosfera do confronto, para não abrandar a intensidade das convicções e dos ataques.

Um autor de poesia palestina será então apresentado na sala de aula aos estudantes israelenses; em contrapartida, algumas histórias dos escritores de Israel poderão chegar à imaginação dos palestinos. Em geral, serão páginas sensíveis e inofensivas, inspiradas em valores humanistas, mas, aos olhos do ressentimento, podem invariavelmente se transformar em cartas-bomba. Curiosamente, é aos jovens das escolas — e não aos soldados — que os governos oferecem a possibilidade de contato com o "outro"; seja por ainda se encontrarem sob o jugo dos adultos, seja porque a eles costuma ser menos óbvio o ódio ao inimigo.

A notícia traz ainda a informação de que a atitude do ministro da Educação de Israel despertou um acirrado debate entre pacifistas e ortodoxos, esquerda e direita. Guardadas as proporções, os opositores da iniciativa comportam-se como se estivessem diante de uma guerra bacteriológica: de maneira semelhante ao que acontece aos vírus, os poemas dos adversários devem ser rechaçados e mantidos fora de "nosso território".

Conclusão: a literatura aparece invocada (e igualmente recusada) na cena do conflito por causa de seu valor simbólico, claro. Mas a questão muda de rumo e pode até mesmo surpreender se pensarmos que, ao agir desse modo, o discurso militar afirma um desejo de força que, na verdade, acaba revelando uma de suas fraquezas. Escapa aos senhores dos exércitos o que diz a poesia. Metáforas, ritmos e versos — motivados pelo desvio da imaginação — tramam-se num mundo próprio de afinidades, em nome de outra lógica, que parece abrir mão da autoridade.

De um lado, o negócio da guerra envolve músculos fortes, autodeterminação quase suicida e todo um ritual de palavras de ordem baseado na hierarquia. De outro, a voz dos escritores vem selar de maneira sub-reptícia a dimensão humana comum àqueles que se odeiam. Somos feitos do mesmo barro — repete o canto da poesia.

Uma das lições a tirar desse fato é a consideração de que a cena da guerra, por mais absoluta que seja (espalhando terror nas ruas e nas casas), também carrega nas entranhas seu contrário. Centelhas despercebidas e fumos difusos que muitas vezes emergem no pensamento mudo das pessoas de espírito desarmado.

"Quem foi mesmo que escreveu este poema?", poderá perguntar ao professor o filho de um soldado israelense que vigia no *front*. "Darwish, um poeta palestino." "Poeta palestino? Gostei dele, professor. Belo poema." E, se assim for, o mundo terá dado suas voltas, irrefreável. Enquanto o pai fardado tem o olho na mira da próxima vítima, o filho acata o poema alheio e toma-o, fora da vigilância dos poderes, como um acontecimento bom de seu dia.

Ou será essa mais uma inocência típica dos poetas?

Ao redor de José Paulo Paes

"É difícil dizer as coisas. É difícil dizer as pessoas", escreveu certa vez o crítico Alfredo Bosi, não por acaso na abertura de um prefácio a um livro de poemas. Essas duas frases simples, porque estão felizes lado a lado, dizem muito com pouco e tocam de imediato o essencial. Sem dúvida, é difícil dizer uma coisa, dizer uma pessoa. Depois que essa pessoa se vai, então, não é difícil de imaginar, a dificuldade aumenta, torna-se uma barreira quase física. Mistura-se no sangue. Com o passar dos meses, a memória nos consola com uma espécie de ficção possível, resgate por imagens daquele que foi nosso amigo, lembrado em meio a tantas coisas. A pessoa e as coisas aparecem juntas, portanto.

Não é de outro modo nossa vontade de falar sobre José Paulo Paes, que nas últimas décadas se firmou como uma das figuras marcantes do meio literário brasileiro. Porque era um homem com raízes no interior, marcado por aquele apego manual ao que vem da terra, sempre se mostrou um homem extremamente atento ao selecionado mundo de objetos e de coisas que mantinha à sua volta. Contribuiu para isso, é claro, a dedicação extrema com que ele e sua sempre musa Dora se dedicaram a construir e decorar a casa onde moraram juntos por algumas décadas.

Quem já teve o prazer de entrar naquela casa pôde de algum modo perceber que não se trata de uma residência qualquer; pelo contrário, deparamo-nos ali com uma energia acumulada que resulta de uma assinatura pessoal muito forte. A começar pela entrada da casa, com um portão de madeira, que se estende por um simpático terraço onde sobressai uma pequena e lírica fonte de água, acompanhada de um jardim farto em plantas. São dezenas delas, cada uma com sua história. O verde continua no corredor à direita da casa e chega aos fundos, onde ficava "o cantinho do Zé", que é como a Dora passou a chamar a edícula onde José Paulo mantinha sua estação de trabalho. Acima da porta do escritório, ele mandara fixar a placa da Casa Guimarães Typografia (com "y" mesmo), a mesma que pertencera ao avô que lhe incentivara nas primeiras leituras.

Quando o conheci, José Paulo mantinha com aquele lugar uma intimidade de artesão com sua oficina. Depois de encerrada a carreira de editor profissional, que lhe consumira mais de vinte anos, só na última década e meia de vida foi-lhe possível dedicar-se com exclusividade aos projetos literários escolhidos por interesse próprio. Era, portanto, com certo gosto de alforria que diariamente ele se dedicava ao ofício de escrever poemas, ensaios, traduções.

A rotina pessoal dividida entre ocupações diferentes pela manhã (estudando línguas) e pela tarde (escrevendo) não lhe aparecia como obrigação, pois o sentido da curiosidade sempre o levara a desafios inquietantes. Basta lembrar que, depois dos 70 anos de idade, começou a aprender dinamarquês com o intuito de traduzir alguns poetas de um país tão distante. Obrigado a uma disciplina severa de refeições e horários, a lida com a doença precoce provavelmente lhe ensinara que o recurso ao método também contém prazeres secretos.

Certa vez, referindo-se às luzes dos compromissos sociais, escreveu no "Poema circense": "quando as luzes se apagam, readquiro antigos poderes e voo. Voo para um mundo sem espelhos falsos, onde o solo devolve a cada coisa a sombra natural e onde não há aplausos, porque tudo é justo, porque tudo é bom".[1] Mais que um apaziguamento diante da perversidade constatada nas relações em sociedade, pode-se ler nesses versos o sabor do simples contato de um homem com seu espaço, ciente de que é seu olhar que de fato devolve a cada coisa a sombra natural.

Estamos falando de coisas, mas também de palavras, é claro — o exercício da literatura acompanhou o jovem de Taquaritinga pela vida inteira. Sua mesa de trabalho, aliás, refletia com naturalidade a imagem de um reinado de miúdas atenções. Organizada, metódica, fiel a seu pequeno tamanho (vale a pena descrevê-la: a mesa do José Paulo era daquele tipo em que o tampo se aproveita do corte horizontal feito em grossas árvores, mantendo nas bordas o desenho e o formato selvagem do tronco original), essa mesa era também o retrato de uma disciplina escolhida, restrita ao essencial de poucos objetos.

---

[1] PAES, José Paulo. *Poesia completa*. São Paulo: Companhia das Letras, 2008, p. 63.

Ele transformara aquele pedaço de árvore, flutuando sobre apoios finos, numa ilha particular onde circulavam muitos livros, folhas datilografadas, traduções, manuscritos, cartas — textos, enfim, no aguardo da artesania daquele Robinson Crusoé das terras de Santo Amaro. Em parte liberto da necessidade de sobreviver por meio de um emprego fixo, pôde afinal dedicar-se a um trabalho intelectual variado, escrevendo artigos na imprensa e acompanhando a produção recente. Ao mesmo tempo, aprofundou as raízes de sua poesia, entregando-se com maior liberdade ao devaneio gerador das imagens poéticas.

Os que escrevem, ou têm esse hábito por profissão, bem conhecem o efeito mágico desse tipo de devaneio quando se retorna a ele para conferir com o olhar os veios da mesa, o colorido das canetas ou os riscos dos metais, enquanto o pensamento volta ao plano da realidade. A saída (e a entrada) do mundo dos livros passa necessariamente por esse estreito, a que uns e outros dedicam maior ou menor atenção.

À sua frente, José Paulo conservava do lado esquerdo da mesa um arquivo de anotações pessoais de leitura. Uma caixinha humilde revestida com placas de cortiça guardava uma reserva de fichas bem aproveitadas e acumuladas durante anos. Diziam respeito ao tempo em que trabalhara muito à mão, lendo e corrigindo textos alheios, ou em que se valera da máquina de escrever, sua companheira de ofício antes do computador. As fichas apresentavam anotações datilografadas ou escritas em letra miúda, ocupando bem o espaço branco. Passagens de livros, citações, ideias ficaram registradas à caneta naqueles cartões e representavam marcas, sinalizações de uma trajetória vasta e cultivada.

Do lado direito, havia ainda alguns palmos de prateleira a que tinha acesso pleno só estendendo o braço. Ali, em lugar tão privilegiado, dispunha de um rol de dicionários em várias línguas, muitos deles visivelmente marcados pelo uso. Alguns haviam sido encapados em papel barato, pardo, como se tivessem precisado de revestimento para enfrentar as consultas diárias. A partir desse núcleo de obras e ferramentas devidamente organizadas, estendiam-se as prateleiras abarrotadas de livros, que ocupavam toda a extensão da larga parede do fundo do escritório. Correndo os olhos, era possível perceber suas preferências de leitura pelas lombadas gastas dos livros: Hermann Hesse, Nikos Kazantzákis, Machado de Assis, Robert Louis Stevenson e outros escritores, entre eles dezenas de poetas.

Quanto à cadeira, sentava-se numa giratória de aspecto austero. Em tons fortes de azul, sem adornos, mantinha o encosto a exatos noventa graus do assento. Era confortável o suficiente para lhe permitir girar o corpo com facilidade, apesar da falta da perna esquerda que fora obrigado a amputar. Dizendo em outros termos: era sóbria o suficiente para que fosse aceita na intimidade do José Paulo.

Mas, em matéria de cadeira, provavelmente a de sua maior preferência era mesmo a da sala. Ali, ele sutilmente se divertia com o molejo para trás e para a frente que vinha das molas embaixo. Parecia até que ele se aproveitava de umas boas idas e vindas, com as feições relaxadas, como se estivesse entretido a contar versos com o balançar do corpo. Decassílabo ou dodecassílabo, eis a questão. Como um nobre soldado que descansava da trincheira, os problemas da tradução ou dos poemas com que lidara durante toda a tarde lhe apareciam agora vestidos jovens, à fresca.

Ao lado dessa feliz cadeira de balanço, a lareira da casa estava coberta por um tampo e finalizava em cima num repouso delicado, puxado para o vermelho. Funcionava como uma espécie de balcão. Servia mesmo de estante para os livros de momento e abrigava um pequenino caderno de anotações, espiralado, tão pequeno que quase cabia na metade da mão, onde rabiscava muitas das ideias soltas ou dos pressentimentos de versos e poemas em que trabalharia mais tarde. Muitos de seus poemas infantis — e não apenas estes — provavelmente nasceram nesse caderninho, gestados em paralelo ao movimento da cadeira.

Nos fins de semana, quando por vezes recebia poucos amigos, os livros e o caderninho ganhavam a companhia de um copo de vinho branco, gelado o suficiente para lhe tirar um estalo da língua. Aliás, não há receio em dizer que o vinho era uma de suas paixões libertinas — ao lado, é claro, das traduções de Pietro Aretino e de outros autores eróticos.

Associado a tal prazer, José Paulo também gostava de abrir garrafas de vinho, e dizia-se exímio nessa modalidade. Tinha notável afeição por um saca-rolhas precário, daqueles cuja ponta se fixa na borda da garrafa e frequentemente escorrega para baixo. Mas ele não se dava por vencido quando isso acontecia: reiniciava a tarefa até conseguir.

Aberta a garrafa, fazia questão de servir os copos num gesto medido e cortês. E, por fim, sentava-se na terceira cadeira desta história (a última, diga-se de passagem), que não pode deixar de ser citada. Sabendo provavelmente que atrás de si havia aquela outra cadeira, a do "cantinho" solenizado, e que à sua frente costumeiramente ouvia o ranger das molas alegres da cadeira da sala, que papel lhe restava senão ser uma cadeira prática? Estava ali para toda obra, guarnecida com um assento simples atado aos braços do encosto, e cumpria seu papel com evidente eficiência. Era, sobretudo, uma cadeira amiga, daquelas que passam despercebidas até que se dá por sua falta.

Nela sentado, José Paulo tinha à sua esquerda um dos objetos mais insólitos da casa, que chamava a atenção pela singularidade. Comecemos por descrevê-lo a partir de baixo, onde duas pedras rústicas, tiradas de um quadro de Dalí ou algo assim, ficavam presas a duas linhas que subiam. Esses fios terminavam acima num relógio absolutamente cru, com os ponteiros e o engenho das peças à mostra, sem nada se parecer com a magia de outros relógios em que os ponteiros são vistos através dos vidros. Observado pelo José Paulo, o tique-taque dividia o tempo com uma secura convicta e renitente. Tratava-se de um relógio agnóstico, como que a mostrar que cada segundo ou minuto que corria era da pedra que tirava força.

Postos lado a lado, a cadeira e o relógio bem se pareceriam a um chinês e um caboclo trocando cumprimentos. E, se estivesse vivo entre nós, talvez José Paulo nos presenteasse com seu fino e bom humor dizendo que a língua dos relógios vem mesmo do chinês, como se pode atestar por aquele estranho tique-taque, tique-taque, tique-taque.

Detalhadas as coisas, e outras centenas haveria por descrever, cabe nos perguntarmos pelo sujeito que as usava e esbarrava nelas. Depois da morte do José Paulo, ocorrida em outubro de 1998, a ausência sentida nos dá conta da qualidade de sua presença, enquanto esteve entre nós. Não há como afastar a emoção. Difícil dizer as coisas. Difícil dizer as pessoas. Nossa sorte é que ele nos deixou páginas de plena poesia, que era, entre todos, o território de sua maior estima. Vista sua obra em retrospectiva, fica mais do que evidente quanto ele buscou dar formatos novos para a expressão poética, em vez de se contentar com um estilo cristalizado. Vamos ao *O aluno* (1947), seu primeiro livro, e lá encontramos a seguinte "Drummondiana":

> Quando as amantes e o amigo
> te transformarem num trapo,
> faça um poema,
> faça um poema, Joaquim![2]

Parecem versos ditos pela voz de um bêbado e sugerem uma espécie de glosa do sentimentalismo barato que contamina muitas de nossas poéticas. Outros livros se seguiram — como *Anatomias* (1967), *Meia palavra* (1973) e *Resíduo* (1980) — carregando nas tintas da ironia e no flagrante dos autoenganos da vida nacional — linhagem que talvez nos permita considerá-lo o último de nossos modernistas. Porém, na outra ponta da meada, temos também um poeta de traços líricos, presentes, sobretudo, nos livros que se seguiram ao *A poesia está morta mas juro que não fui eu* (1988) e revelaram um sujeito aberto para o sonho e o onírico. Tanto mais próximo o poeta se sentiu da morte, mais seus temas passaram a respirar a memória e os conteúdos subjetivos. Cedeu em diversidade o que ganhou em maravilhamento com o cotidiano.

Nesse sentido, o livro *A meu esmo* (1995) representa o reequilíbrio das próprias forças expressivas em direção a uma sensibilidade pacificada, não ingênua, e ainda atenta à prosaica realidade, como mostra o poema "Centaura":

> A moça da bicicleta
> parece estar correndo
> sobre um chão de nuvens

---

[2] PAES, José Paulo, op. cit., 2008, p. 37.

> A mecânica ardilosa
> dos pedais multiplica
> suas pernas de bronze.
> O guidão lhe reúne
> num só gesto redondo quatro braços.
> O selim trava com ela um íntimo diálogo
> de côncavos e convexos.[3]

Voltamos ao reino das coisas transfiguradas quando a moça da bicicleta ganha ares de centaura, título do poema. Algumas páginas antes, no poema "Éluardiana" do mesmo livro, afirmava ele que "a geometria irmã da liberdade/ ensina a árvore a pular o muro".[4] Só nos resta dizer que sua poesia também é irmã da liberdade e nos leva a saltar o muro. Aliás, talvez já estejamos do outro lado desse muro, aqui, enquanto nos lembramos de nosso querido José Paulo Paes.

---

[3] Ibid., p. 424.
[4] Ibid., p. 419.

Heteroleitores na multidão: Fernando Pessoa

Muito já se escreveu sobre as várias faces de Fernando Pessoa. Poliedro de heterônimos, o poeta português embaralhou o campo da poesia moderna com um piparote de largas consequências metafísicas: renunciou a ser um, dividiu-se em muitos. E, por ter sido muito competente no próprio ocultamento, o enigma da identidade pessoana atravessa fronteiras e línguas no início do século XXI, ainda longe de ser fisgado pelo anzol dos críticos.

Do ponto de vista dos leitores, o mito se multiplica, chega a arrebatar uma unanimidade inquietante. Lido por adolescentes e professores universitários, por praticantes de ioga ou por executivos financeiros, os poemas do autor de *Mensagem* (1934), única obra que efetivamente publicou em vida, agradam a um leque heterogêneo de gostos, idades, temperamentos e classes sociais. Seus leitores, nutridos de maior ou menor grau de informação e sensibilidade (nem sempre no mesmo compasso), sobrepujam as diferenças. O fato é que a poesia de Pessoa resultou num fenômeno único. Por isso mesmo, é natural que nos perguntemos: o que indivíduos tão diferentes procuram ou encontram em suas páginas? E aí o raciocínio pede voltas, complica-se um pouco.

Certamente não é possível dar uma resposta unívoca a essa pergunta. Melhor, e mais sensato, será acenar com algumas possibilidades, coerentes com a trajetória de nosso autor. Como ponto de partida, vale a pena assinalar que a poesia desse lisboeta de cotidiano simples e rotineiro (mas não menos intenso), apesar de desdobrada em heterônimos diversos, teve como foco primordial de sua expressão o trabalho direto das emoções. O que mais lhe interessava, do ponto de vista estético, era transmudar o plano das sensações a um nível de linguagem que fosse capaz de alcançar autonomia e, ao mesmo tempo, sensibilizar a atenção do leitor. Deliberadamente, quando se põe a enunciar em versos o intrincado repertório dos sentidos, na verdade, está apresentando a medida emocional de um homem diante de seu presente, como se vê em "Ode marítima":

> [...]
> Ah, todo o cais é uma saudade de pedra!
> E quando o navio larga do cais
> E se repara de repente que se abriu um espaço
> Entre o cais e o navio,
> Vem-me, não sei porquê, uma angústia recente,
> Uma névoa de sentimentos de tristeza
> [...][1]

Aquilo que o poeta sente só ganha veracidade quando recriado na esfera do pensamento plástico das imagens. E vice-versa, almejando por um circuito circular. Seja da óptica geniosa e levemente homossexual de Álvaro de Campos, como a do trecho anterior, seja do mestre Alberto Caeiro e de outros eus, a atenção do poeta luso atém-se principalmente ao valor das sensações. Elas lhe servem de "argila" a ser moldada pelo pensamento poético, como sugere uma de suas definições: "a poesia é a emoção expressa em ritmo através do pensamento".[2]

Walt Whitman foi quem inaugurou essa tradição sensorialista, com tamanha agudeza que desencadeou o ciclo da modernidade em poesia. "O próprio ser eu canto:/ canto a pessoa em si, em separado", anunciou no preâmbulo de seu *Leaves of Grass* (1855). A partir daí, enriquecido pela variante de muitos autores de várias nacionalidades, o sujeito poético liberta-se para ocupar o centro da expressão, ponto a partir do qual as imagens descem à esfera da cotidianidade e o leitor encontra no poeta seu igual. Quer dizer: um diferente, mas em quem se pode mirar.

Pessoa, consciente do impasse moderno, radicalizou o procedimento. Enfeixou-se, criou identidades distintas e deslocou o centro de gravidade do imaginário romântico e simbolista, empenhado em tecer uma obra pautada pelo princípio de que a palavra poética

---

[1] PESSOA, Fernando. *Poesia completa de Álvaro de Campos*. São Paulo: Companhia das Letras, 2007, p. 103.
[2] Id., *Páginas de estética e de teoria e crítica literárias*. Georg Rudolf Lind e Jacinto do Prado Coelho (Orgs.). Jorge Rosa (Trad. inglês). Lisboa: Ática, 1994, p. 73.

também pode servir à dicção de um sujeito literário passível de ser inventado. Apostando, portanto, em certo ilusionismo, o gesto poético acaba por se sobrepor à noção de verdade. Poesia é emoção, sim, mas intelectualizada, tornada imagem para ser espiada como um jogo de possibilidades. Não é outra, portanto, a lição de suas múltiplas faces: vamos à poesia para experimentar um pouco do perigo e do transe alheio.

Vem daí uma resposta possível à pergunta que nos colocamos inicialmente. O estrondoso sucesso de Pessoa, de apelo vivencial mais do que intelectual, estaria, em parte, associado a uma demanda idealizante projetada pelos leitores. Arquipélago de identidades literárias, suas páginas oferecem de imediato uma alteridade que serve de espelho para quem está lendo. Em termos anímicos, há um circuito de vivência posto em cena — figurado em sensações —, sobre o qual podemos nos deter e estabelecer relação. Compartilhamos o pensamento e o sentir de outrem por uma fresta concisa: o poema.

Coincide com esse raciocínio o fato de ser o mais aclamado dos heterônimos pessoanos justamente Álvaro de Campos, notável por seu entusiasmo (na acepção grega e original do termo, de incorporação plena e divina) diante da realidade. Há nele um dado de assombro, mesclado à reflexão emotiva, cujo ritmo envolve prontamente o leitor. Como não acreditar, então, que de fato ele tenha sido um engenheiro, nascido em 1890, licenciado em Glasgow, na Inglaterra, e convertido à atividade poética depois de algumas viagens e de alguns amores furtivos? Ao cultivarmos uma poética de sujeitos, pouco importa que estes sejam fingidos ou não; o que conta está ligado a um roteiro de sensações.

Talvez seja esse, aliás, o derradeiro resíduo de comércio que impregna a poesia em nossos dias. Relegada à periferia da indústria cultural, o pouco que lhe resta de *glamour* e de atratividade estaria associado a um traço de alteridade intensa. Dito de outro modo: o que em geral o leitor adquire por meio dos livros de poemas é a possibilidade de sua própria despersonalização. Decaída a possibilidade regrada e religiosa da interioridade, já sem vez numa sociedade laica, resta-nos a introspecção por fragmentos. Para isso serve a poesia:

ela acena com o canto sensível, ato minimalista debruçado sobre o correr do mundo.

Aceita essa hipótese, abre-se um leque variado de experimentos. O leitor tem diante de si alternativas múltiplas no que diz respeito ao cenário transfigurador das sensações. Em se tratando de Pessoa, o requinte chega à biografia dos principais heterônimos, cujas peculiaridades se afinam com o veio estilístico de cada um deles, mesmo no momento da escrita:

> Como escrevo em nome desses três? [...] Caeiro por pura e inesperada inspiração, sem saber ou sequer calcular que iria escrever. Ricardo Reis, depois de uma deliberação abstrata, que subitamente se concretiza numa ode. Campos, quando sinto um súbito impulso para escrever e não sei o quê.[3]

Fingimento ou não (como sabê-lo?), é certo que o estratagema das *personae* de Pessoa, mesclando momentos ingênuos a outros de autêntico gênio, suscita a cumplicidade dos leitores. Curiosamente, porém, o fato de se tratar de identidades "criadas" não lhes subtrai o conteúdo dramático. Ao contrário, acabam proporcionando uma espécie de conhecimento fundado no ato de fingir. Mais do que a veracidade, interessa a aventura emocional e a meditação subjetiva enredadas ao sabor das ocorrências, como acontece em "O guardador de rebanhos": "Pensar incomoda como andar à chuva/ Quando o vento cresce e parece que chove mais".[4]

Convívio entre sensação e pensamento, entre percepção e sentimento, eis um dos principais estímulos para nos abeirarmos de sua obra. A favorecer o encontro, boa parte dos textos apresenta uma legibilidade de superfície que pode ser desfrutada sem dificuldade. Não se confunde com o intelectualismo exacerbado de certa produção atual, de notória ênfase no raciocínio abstrato e no uso anamórfico da metáfora. Pessoa, sem deixar de ser complexo, compromete-se, na verdade, com o vitalismo do ato literário e quer tornar compartilháveis os estados de alma de eus múltiplos. Para tanto, esconde um

---

[3] Id., *Fernando Pessoa*. João Alves das Neves (Introd. e sel.). São Paulo: Íris, 1961, p. 180.
[4] Id., *Obra poética*. Rio de Janeiro: Nova Aguilar, 1983, p. 137.

segredo: "a composição de um poema lírico deve ser feita não no momento da emoção, mas no momento da recordação dela".[5]

Ansioso por despersonalizar-se, atraído para a hiperexcitação, o leitor passeia por duplos. Até Pessoa, ele próprio, passa por uma máscara, uma composição construída. Estamos, sem dúvida, diante de um jogo radical. Por isso mesmo, ainda que seja por cisma, cabe levar o questionamento adiante. Sabendo que a possibilidade de fruição não atinge por igual seus leitores, não poderá haver aí também um círculo vicioso a desfigurar a natureza original dos versos? Ou ainda: será que parte de seus cultores, plantados na plataforma do senso comum, não macera e torna cega a visitação poética? Sejamos francos. É claro que sim. E outra vez, tateando hipóteses, somos obrigados a dar voltas ao raciocínio.

De um lado, a perspectiva da despersonalização sugere uma dinâmica positiva e estimulante, inerente a uma criação que se deseja transpessoal. De outro, com o formato de princípio idêntico, flagramos lances de um maneirismo pernicioso. Como circunscrevê-lo? Ora, sabemos que a poesia não escapa ao alienamento de uma sociedade cristalizada, reprodutora de simulacros para seus anseios. Em muito, a dita cultura e sua infindável variante de produtos volta-se para dinamizar um movimento catártico do público, de modo a afastá-lo (contraditoriamente) do ensimesmamento sensível. Polarizada com relação ao poder técnico da realidade cotidiana, a arte em circulação oferece uma possibilidade de transporte (para o sonho, para outros países — outras histórias, afinal) que toca de imediato a sensibilidade dos espectadores, ouvintes e leitores.

Mas, por se meter o olho sempre pela mesma fenda, é comum perder-se nesse caso o limiar de alta voltagem em torno de uma obra. Arranha-se um fundo de imagens, mas por supostos. E, como consequência, o que nos é dado ritualizar acena precisamente para uma espécie de "fim da leitura" — quando a apreensão de versos e figuras estagna numa barreira de superfície, ou seja, da arte consome--se a regra, e não é o conhecimento que se expande. Não poderia

---

[5] PESSOA, Fernando, op. cit., 1994, p. 72.

ser diferente, pois, o viés de certa recepção da poética pessoana é identificado com um arremedo de catarse.

Confinada a clichês de emocionalidade direta, a palavra do poeta serve de espasmo a dar conta de uma insatisfação tipicamente moderna. Seus versos se veem impregnados de um instinto primário, misto de desabafo e sentimentalismo. Encontramos isso em muitas das representações teatrais inspiradas no autor. É comum ver-se no palco a retratação melodramática de seus poemas enfatizando um mal-estar no mundo, visão parcial e limitada do que o poeta tem a dizer. Fernando Pessoa, quem diria, virou grife para pessoas sensíveis. Sensíveis até certo ponto, é claro.

Chega-se à poesia, empreende-se o gesto de ler páginas e páginas de poemas, mas com limites. Com frequência, patinamos em falso, repetindo uma circularidade ao modo de narciso. Enamoramo-nos das visões alheias sob o molde do próprio rosto. Aliás, não escapam a esse risco seus melhores leitores, ou mesmo os críticos, tão empenhados em vasculhar o famoso baú, numa disputa acirrada e ferina pela "verdadeira" exegese dos escritos do autor.

Ainda que atentos e bem-intencionados, sempre podemos reproduzir às cegas os volteios de um eterno romantismo. Célere, o genial criador de heterônimos ganha ares de escultura acadêmica ou pode se tornar o guia de um emocionalismo disperso e atarantado. A cada heteroleitor cabe traçar sua linha de risco. Não há como escapar quando os olhos descem sobre a página.

O carteiro e o poeta
vistos na tela

Estimulada pelos jornais e pela professora de hidroginástica, que durante a aula fez comentários sobre a beleza do filme, a espectadora fugiu à rotina e se encontra agora sentada na poltrona do cinema para assistir à história de amizade entre o carteiro e o poeta.[1] Antes, porém, é obrigada a deglutir uma saraivada de metralhadoras, estrondos e desastres de automóveis — *trailers* das novas atrações que ocuparão as telas em breve. Entre um anúncio e outro a respiração é pouca. Logo sobrevém a melodia suave embalando a cena inicial da saga de Mario Jiménez, homem bom e simples, que tem a sorte de conhecer o grande poeta Pablo Neruda e aprender com ele lições sobre a vida.

Paira idílio no ar. O toque exuberante da natureza reforça visualmente a figura magnânima de Neruda em seu auxílio para que o carteiro conquiste a namorada furtiva. Em situações como essa, bem sabemos que os versos constituem ótimo tempero. A arte da poesia também faz parte do diálogo entre os dois, quando o poeta explica ao carteiro o conceito de metáfora, à maneira de um segredo compartilhado entre amigos. O homem comum também pode se tornar poeta, o importante é ter os olhos sintonizados no sensível, concluiria a moral da história.

***

A poeta pobre e humilde surge numa reportagem da revista *Veja*,[2] em página dupla, como se fizesse parte de um espetáculo que se inicia com as últimas atrocidades da guerra da Bósnia e culmina com o abstracionismo de um artista conhecido na cidade. O texto

---

[1] O CARTEIRO e poeta. Direção: Michael Radford. Itália/França/Bélgica: Cecchi Gori Group Tiger Cinematografica; Penta Film; Esterno Mediterraneo Film; Blue Dahlia Productions; K2 Two; Canal +, 1994. (108 min, son., color.). O filme foi baseado no seguinte livro: SKÁRMETA, Antonio. *Ardiente paciencia*. Buenos Aires: Sudamericana, 1985. Depois do sucesso do longa-metragem de Radford, o livro foi reeditado com o título *El cartero de Neruda* (no Brasil, *O carteiro e o poeta*).
[2] Mario Sabino. "Métrica da solidão". *Veja*, São Paulo, ano 28, n. 43, 25 out. 1995, pp. 136-7. Disponível em: <https://acervo.veja.abril.com.br/index.html#/edition/1415>.

descreve em detalhes a penúria da poeta Orides Fontela, relata suas queixas e estampa no centro um perfil de mulher, cuja fragilidade contrasta com a parede rabiscada de traços infantis. Busca-se o efeito da poeticidade.

Num apartamento de Higienópolis, a reportagem está sendo lida por um senhor distinto, no habitual descanso domingueiro. Também ele, no passado, escreveu versos e acreditou na força dos sentimentos. Mas sua trajetória seguiu por outros caminhos, mais rentáveis. Tendo diante de si o retrato amargo de uma poeta à beira da miséria, conclui que foi melhor assim. Afinal, poesia não enche a barriga de ninguém.

***

Ficção e realidade, narrativa e notícia sugerem idêntica trama quando o poeta é chamado a ter um papel no conjunto das relações sociais. Resgatado na qualidade de pessoa sensível, em contato com o significado invisível das coisas, ou associado à condição de marginal e maluco, que vira as costas ao pragmatismo da esperteza, é frequente ver o poeta considerado um ser que abraça "outra lógica". Sua diferença sofre juízo imediato, positivo ou negativo, sem maiores nuances.

Vista sob a aura do ideal, a figura do escrevinhador geralmente se enquadra nas categorias de sábio ou de louco. Mais que o romancista ou outros escritores, cabe a ele encarnar a missão literária por excelência: trabalha com significados sutis das palavras, percebe as fulgurações de passagem. Alçado à condição de explorador de limites, também sua vida pessoal estaria jogando com o risco. Sua vivência contaria com o privilégio do êxtase ou, no outro movimento do pêndulo, com o drama de um tormento cego.

No filme *O carteiro e o poeta* são notórias as pinceladas de exagero no aproveitar-se do vitalismo de Pablo Neruda, reconhecido como homem dedicado à sensualidade e à militância política. Vários diálogos e tomadas de câmera, acompanhando flagrantes do cotidiano, na verdade reforçam a leitura plana de que aquele homem sabe decifrar os segredos da conduta humana e compreende até mesmo os murmúrios do mar. Ao deparar com o carteiro, a sabedoria de um se espelha na pureza do outro e, em vez de se ignorarem, ambos se igualam na atmosfera solidária.

Os contornos não costumam ser diferentes, vistos em negativo. Poetas suicidas, *outsiders*, com a biografia dramatizada por lances sensacionais, costumam render milionárias versões cinematográficas, várias páginas de jornal e muitas edições de livros. Ao leitor ansioso, movido pela curiosidade, interessa mais a crônica do desespero que o mergulho no imaginário de versos obtidos em assombro. Especula-se o tipo humano e dá-se as costas para a poesia.

O fato é que, tomado como símbolo do desregramento, o escritor ganha uma errância desconhecida — às vezes solar, outras vezes noturna — que permite o vislumbre de outra percepção. Nesse caso, não se trata apenas de imaginar uma vida diferente, intensa com o outro sexo e circunscrita em paisagem poética (escapismo que personagens de outra ordem poderiam igualmente sugerir), mas principalmente de testemunhar uma vivência impregnada de especial sensibilidade. Nessa perspectiva, a figura do poeta se cristaliza e ganha contornos do ideal. Passa a servir de modelo, exemplo vivo de uma existência que rompe com o cotidiano alienado. A curiosidade em querer saber como "funciona" um caráter sensível pauta-se por esse tipo de expectativa.

Foi o romantismo do século XIX que, na ânsia de romper com o versejamento técnico e frio dos clássicos, firmou uma concepção do poeta como agente de sensibilidade privilegiada. Mago e profeta, mas também boêmio e apaixonado, era tido como portador de um entusiasmo sobre-humano, a quem cabia captar sinais do mistério e do transcendente. Dedicado à solidão, porque incapaz de viver no plano terreno, sua genialidade tinha de ser extravagante e incompreendida.

No entanto, se no passado essa postura representou um avanço estético considerável, alargando o repertório de imagens e sensações a trabalhar na poesia, estereótipos dessa ordem podem configurar uma camisa de força. Ao supor que a produção poética depende de vivências levadas ao extremo, estamos na verdade privilegiando o sujeito em detrimento de sua obra. Leitores superficiais e espectadores ansiosos, caímos na facilidade de reduzir a essência da expressão aos horizontes da crônica biográfica.

Curiosamente, porém, o maior dos poetas brasileiros do século XX apresenta uma vida magra de acontecimentos. Fugindo ao colorido dos atos de efeito, preso à sua classe e a algumas roupas, como ele mesmo o disse, o senhor Carlos Drummond de Andrade manteve por longos anos uma pacata rotina de funcionário público. Seus melhores ímpetos, ele não se furtou em consagrá-los à cordialidade. O mesmo se deu com Wallace Stevens, um dos inovadores da moderna poesia norte-americana, que trabalhou arduamente como alto executivo numa empresa de seguros, ocultando dos colegas de trabalho a atividade poética.

O que se esconde, então, por detrás desse equívoco entre a vida real de quem cria e sua imagem social?

Algo que é difícil aparecer em filme ou em revista. É que o verdadeiro poeta, mortal e cidadão como todos nós, só alcança de fato uma dimensão nova e reveladora quando age no coração mesmo da linguagem. Sem a baliza das concessões, ele sabe que atua no reino da língua comprometido com um sentido primordial, cujas palavras devem ter o que dizer. Trata-se aqui, sim, de uma proposição genérica, mas que nem por isso deve ser descartada; cada novo bom poeta que aparece renova frontalmente esse desafio, alargando o horizonte da própria voz.

Quem lê poesia, mesmo que esteja descansando em sua poltrona, é atraído para uma maleabilidade de sons e sentidos em que o princípio central é o do livre curso. Ritmo e imagens mesclam-se numa sinuosidade não afeita aos ângulos da racionalidade, e os poemas oferecem-se presentificando estreita e íntima zona de atenção. Da familiaridade com as palavras pode brotar, ou não, o frescor de poemas que testemunham a realidade sob o efeito de um elo inusitado e fecundo.

Um poema pode dizer:

> Esta noite eu te encontro nas solidões de coral
> Onde a força da vida nos trouxe pela mão.

No cume dos redondos lustres em concha
Uma dançarina se desfolha.[3]

Nesse caso, começa a desenhar um campo de sonho que serve de convite para o leitor. No entanto, compactuar com esse esforço requer uma atenção a que a maioria dos leitores não se dispõe. Mais fácil é acompanhar o espetáculo das variantes de comportamento que a indústria cultural tem explorado até a *overdose*. Por meio de filmes, das páginas dos jornais e da televisão nos é possível vivenciar o espectro das experiências de vida como um cardápio de atitudes.

Vista por esse ângulo, numa sala de cinema, em meio a um coquetel de enredos os mais variados, até a poesia pode se acomodar num clichê. O filme em questão bem que suscita esse enquadramento, mas nem por isso deve ser culpabilizado de todo. Independentemente de seus artifícios visando provocar emoção, o mais importante é deslocar o foco para o leitor, cabendo a ele acomodar-se a uma visão romantizada do poeta, ou enxergar além. Ou seja, no limite, a questão é minha, sua, pessoal e intransferível.

***

E os poetas? Não estarão muitos deles modelando sua identidade no interior de semelhante jogo de aparências? Parece que sim. Centenas de livros de poesia são publicados mensalmente, em pequenas edições, que na maioria das vezes circulam apenas entre os familiares e amigos do autor. Noites de autógrafos são preparadas como rituais que tornam públicos os versos cultivados na intimidade. Aparentemente, trata-se de um gesto desinteressado, mas organizado em todos os seus detalhes: quem é convidado, que vinho será servido, quem não apareceu etc.

A maioria das obras permanece no anonimato e mal chega às livrarias comerciais, pois dificilmente apareceria algum leitor interessado nos versos do poeta desconhecido da Vila Moraes ou dos Jardins, bairros paulistanos. Poucos ultrapassam o limite do quarteirão e quase a totalidade permanece ao longo dos anos como

---

[3] MENDES, Murilo. "Os amantes submarinos". In: *Poemas*: 1925-1955. São Paulo: José Olympio, 1959, p. 482.

resíduo pessoal, espelho para que o autor leia seu próprio nome em letras de impressão.

Goza de prestígio entre nós o gesto humanista de cultivar a sensibilidade. Exprime-se e imprime-se a vivência pessoal por meio de versos que almejam romper o anonimato; até personalidades notáveis, como juízes, senadores e ex-presidentes, se veem fisgadas por essa ambição — quase sempre apegadas a uma poética de molde retórico. Os novos poetas, por sua vez, cultivam desde cedo o desejo de se diferenciar, trazendo para os versos uma ênfase biográfica que pouco tem de efetiva novidade. O radicalismo formal, o confessionalismo sexual e amoroso ou o intelectualismo pedante costumam ser as doenças infantis que atacam muitos poetas barbudos, e não apenas eles.

Contrastando com o narcisismo temos a esfera da criação, cujos meandros exigem um bisturi minucioso e despersonalizado, tanto quanto possível. Claro que o ponto de partida de qualquer imaginação literária guarda um fundo pessoal incontestável, para que contenha efetiva fertilidade. Mas toda arte visa o olhar alheio; isso cria a exigência de um horizonte de imagens que tenham sabor impessoal e alcancem o leitor pela propriedade da expressão.

Apesar de óbvio, esse preceito deve ser observado à luz de cada poeta. Trabalhando suado ou no embalo da música, consagrado pela musa da inspiração ou distanciado dela, conhecedor de muitas línguas e literaturas ou apenas as de seu bairro, o autêntico poeta sabe que, com esse compromisso de alteridade, seus poemas ganharão força e brilho contra o desgaste do tempo. Mas essa consciência pousa sobre o fio de uma navalha: não há regra segura nem caminho certo para chegar lá. Não basta o texto fácil, pautado em frases ou em ideias acessíveis, nem os de retórica ideológica, para garantir o encontro com o leitor.

Em resposta a um jovem escritor, Drummond disse que, como os poetas geralmente não têm pendência para os negócios nem para a arte da guerra, cabe a elas como destino a contemplação da nuvem. Mas não se entenda nessa expressão, mais uma vez, o gosto nefelibata pelas alturas; pelo contrário, o contemplador das nuvens drummondiano é aquele que recusa as evidências de superfície e escapa seu olhar para o inesperado, mesmo que seja o disforme. Ele nos sugere uma saudável desconfiança em relação a uma realidade pronta e ideologicamente formatada. Como exercício apurado e fugidio, à poesia cabe essa distância.

Bons poemas são aqueles que bem delineiam as visões interiores, abrindo-as ao testemunho da leitura. Sem implicar redundância, eles se "preparam" para serem lidos; daí a necessidade de revê-los continuamente e, se necessário, reescrevê-los. Moldurados na página impressa, devem conduzir o leitor à experiência da mínima atenção: palavras servindo de leito à cadência das imagens. De outro modo, resta a quadratura. Os livros de poemas continuarão nas estantes à maneira dos quadros pintados em série, retratando o bucolismo das paisagens do campo. Pendurados nas salas dos apartamentos, servem de janela para um vazio não nomeado, que os olhos se contentam em preencher com uma casa e um rio engessados.

O ser e o tempo de um crítico: Alfredo Bosi

Era uma vez um jovem estudante de Comunicações da Universidade de São Paulo (USP) que, desde o primeiro ano da faculdade, em meados da década de 1970, se sentia atraído pelas descobertas literárias — em especial, da poesia. Pretendia formar-se em jornalismo, por razões práticas, e não foram poucas as manhãs em que atravessou o *campus* da universidade para trocar de ares e assistir a uma ou outra aula de Letras nas chamadas "colmeias". A partir daí, o gosto se tornou necessidade — algo que ele não sabia entender, filho de imigrantes portugueses.

Depois de passar as manhãs na faculdade, seguia de ônibus para o trabalho numa editora sediada perto da praça da Sé; ocupava-se de serviços gerais e tinha a sorte de estar num ambiente profissional e dinâmico, o que reforçou seu vínculo com os livros e despertou a ousadia de rabiscar os primeiros versos. Sem ter consciência do fato, vivia seus anos de formação atraído pela leitura de Carlos Drummond de Andrade, Manuel Bandeira, Arthur Rimbaud, Fernando Pessoa, Mário de Sá-Carneiro e tantos outros autores que confirmavam ser possível habitar o mundo das palavras.

O rapaz começava também a perceber que a poesia brasileira passava por um momento de intensa renovação. Já falecidos os poetas pioneiros ligados ao modernismo literário — com exceção de Drummond —, diferentes correntes poéticas coexistiam nessa década, marcada pelo autoritarismo dos militares que haviam assaltado o poder político. Naquele momento havia uma ampla diversidade cultural, com a proeminência dos poetas concretos ao mesmo tempo que era lançado *Poema sujo* (1976), de Ferreira Gullar.[1] Ganhava força também a chamada poesia marginal, empenhada em retomar a linguagem oral, direta e satírica.

E na esfera da crítica? *Grosso modo*, persistia o combate entre o pensamento marxista, expandido para diferentes disciplinas e usos, e

---

[1] GULLAR, Ferreira. *Poema sujo*. Rio de Janeiro: Civilização Brasileira, 1976.

os ventos estruturalistas que se tornaram o *dernier cri* dos estudos acadêmicos. Muitos de seus adeptos entendiam-se capazes de capturar as estruturas de linguagem que ficavam ocultas sob outros prismas; munidos de astúcia racional e dedutiva, intentavam dissecar os textos ao modo de um objeto embalsamado. Mas a vaga internacional do estruturalismo mal chegou a fazer ventania nos corredores e salas de aula do curso de Letras da USP. No máximo, produziu uma leve brisa.

Foi então que caiu nas mãos daquele jovem um livro poderoso e original: *O ser e o tempo da poesia* (1977), de Alfredo Bosi.[2] Marcado pelo forte tom vermelho dominando a capa, em desenho de Lila Figueiredo, reunia um conjunto de seis ensaios, como que em forma de um hexágono em torno às questões essenciais do discurso poético.[3] Aparecia em boa hora e estava destinado a ficar na estante em companhia de outras obras apreciadas, como *A arte da poesia* (1976), de Ezra Pound, *A essência da poesia* (1972), de T. S. Eliot, e *El arco y la lira* (1972), de Octavio Paz,[4] obra de 1956, cuja edição em espanhol circulava muito por aqui.

O impacto da leitura foi imediato, pois o autor de *História concisa da literatura brasileira* (1970)[5] engendrara nesse trabalho uma visão holística da poesia, envolvendo intrincadamente os aspectos formais, temáticos e históricos. E com uma qualidade adicional: o estilo poético com que tratava do assunto. O jovem leitor ficou impressionado com a ousadia daqueles textos decididamente abstratos, densos e inspirados. Não era propriamente um livro sobre a poesia entendida apenas como linguagem, e sim um entendimento global e orgânico do ato poético, envolvendo a matéria — em sentido amplo — e a ação criadora.

Ao se abrir a página inicial, as primeiras frases logo prenunciam o estilo direto e com predomínio de frases curtas, traço que vai se manter ao longo de todos os ensaios:

---

[2] BOSI, Alfredo. *O ser e o tempo da poesia*. São Paulo: Cultrix/Edusp, 1977.
[3] Antes de comporem o livro, os ensaios haviam sido publicados na revista *Discurso*, dedicada à filosofia.
[4] POUND, Ezra. *A arte da poesia*: ensaios escolhidos. Heloysa de Lima Dantas e José Paulo Paes (Trads.). São Paulo: Cultrix/Edusp, 1976; ELIOT, T. S. *A essência da poesia*: estudos e ensaios. Maria Luiza Nogueira (Trad.). Rio de Janeiro: Artenova, 1972; PAZ, Octavio. *El arco y la lira*. Cidade do México: Fondo de Cultura Económica, 1972.
[5] BOSI, Alfredo. *História concisa da literatura brasileira*. São Paulo: Cultrix, 1970.

> A experiência da imagem, anterior à da palavra, vem enraizar-se no corpo. A imagem é afim à sensação visual. O ser vivo tem, a partir do olho, as formas do sol, do mar, do céu. O perfil, a dimensão, a cor. A imagem é um modo da presença que tende a suprir o contato direto e a manter, juntas, a realidade do objeto em si e a sua existência em nós. O ato de ver apanha não só a aparência da coisa, mas alguma relação entre nós e essa aparência: primeiro e fatal intervalo.[6]

Nota-se rápido o recorte filosófico que permeia a argumentação geral, interessada em formular uma visão acurada e dialetizada sobre as principais forças que atuam na expressão poética. No entanto, Bosi não assume essa tarefa de maneira neutra ou estritamente acadêmica; pelo contrário, revela-se defensor de um pensamento posicionado e adepto de certos valores estéticos e sociais. Até se pode dizer que ele assume uma subjetividade atuante e crítica nesses textos.[7] E não é outra a razão de o ensaio mais longo do conjunto ser justamente dedicado à ideia de *poesia resistência*, noção que se tornou central e foi desdobrada em escritos posteriores.

Evidencia-se ainda a larga erudição do autor, mobilizando tópicos e fontes diversas, sem perder o fio central do argumento; em vez de se fechar em conceitos fixos e operacionais, oferece uma amplitude de horizonte que nos leva a entender o que de mais importante atua no jogo da poesia. Diz ele que "a fantasia e o devaneio são a imaginação movida pelos afetos",[8] mas o mesmo se poderia dizer de seu modo de raciocinar, tão atento às minúcias de um conceito ou aos detalhes de um verso. O que importa é a integralidade do efeito poético — espécie de devaneio da linguagem —, e não apenas a soma dos "signos" que o compõem, como defendia a óptica estruturalista.

Depois de uma primeira leitura dos ensaios, o aspirante a versejador ficou entusiasmado com o livro; leu-o novamente, sublinhou trechos, anotou comentários e procurou conhecer algumas das referências citadas. Logo foi alçado a um dos textos teóricos preferidos

---

[6] BOSI, Alfredo, op. cit., 1977, p. 13.
[7] Por causa da camada subjetiva que subjaz à escrita bosiana nesses textos, note-se o trecho em que o crítico pontua "Os trabalhos da mão", dedicado a Eclea Bosi. Cf. BOSI, Alfredo, op. cit., 1977, pp. 53-7.
[8] Ibid., p. 65.

no que se refere à arte poética. Para além disso, outras descobertas recaíam sobre Jean-Paul Sartre, Albert Camus, Roland Barthes e toda uma série de autores — franceses principalmente — protagonistas daquele período.

E, como a juventude costuma ser uma época de sentimentos intensos e absolutos, não era diferente com aquele jovem. Leitor ávido, curioso e em busca de um caminho pessoal, sentia-se emocionado quando lia um parágrafo como este, que ficou sublinhado nas páginas de Bosi:

> A poesia resiste à falsa ordem, que é, a rigor, barbárie e caos, "esta coleção de objetos de não amor" (Drummond). Resiste ao contínuo "harmonioso" pelo descontínuo gritante; resiste ao descontínuo gritante pelo contínuo harmonioso. Resiste aferrando-se à memória viva do passado; e resiste imaginando uma nova ordem que se recorta no horizonte da utopia.[9]

Frases assim caíam como uma luva para fomentar a indignação de quem estava descobrindo o jogo de falsidades que move o engenho social. E apontavam a poesia como possível janela de liberdade, seja no plano da sensibilidade pessoal, seja no âmbito comunitário. Para chegar a ela, contudo, fazia-se necessário atravessar (e dissipar) toda uma névoa de ideologia incrustada nas coisas, nas pessoas e nos relacionamentos.

Não bastava a vontade de se banhar em poesia; antes, era necessário conquistá-la para depois perceber o mecanismo de suas artes e manhas. O jovem já começara a entender que o universo poético nos leva a conviver com um "talento doloroso e obscuro",[10] conforme leria mais tarde num verso do poema "Aos amigos", do poeta português Herberto Helder. Descendente de família humilde e conservadora, ele vivia anos de intensas descobertas emocionais e intelectuais.

A tal ponto foi seu envolvimento com uma pequena bibliografia pessoal sobre poesia que tomou o gosto da imitação. Começou por anotar os diversos pensamentos, ideias ou reflexões que lhe ocorriam

---

[9] Ibid., p. 146.
[10] HELDER, Herberto. *Ou o poema contínuo*. Lisboa: Assírio & Alvim, 2004, p. 64.

e manteve esse hábito por alguns anos; diversos cadernos pretos e pequenos foram preenchidos com a letra irregular.

Numa das páginas pode-se encontrar, por exemplo, o fragmento seguinte:

> **Parágrafo ao vento:** A imaginação literária surge por vezes de uma acomodação de experiências anteriores (sua nitidez raro se completa) que ganham expressão e relevo com o urdimento da situação presente, concentrada. Não há possível detetive para deslindar a trama, pois a simultânea presença de sua teia acelera o que o escritor imagina. Daí que esse momento seja um torvelinho indecifrável, fora da linearidade do tempo e das idades, como um bafejar do vento que nos vem bater à cara e vai embora sem qualquer aviso.

***

Passados quarenta anos da publicação de *O ser e o tempo na poesia*, completados em 2017, aquele jovem amadureceu e continua a trilhar seu caminho. Tornou-se editor na empresa em que trabalhava, dedicou-se ao mestrado e ao doutorado na universidade e publicou alguns livros de poemas. Quanto às convicções gerais, muitas delas tiveram de passar à prova do tempo, da realidade e se adaptar a uma complexidade maior que a suposta; no campo da poesia, no entanto, seu interesse multiplicou-se por inúmeros escritores e obras, sem perder ligação com as afinidades primeiras.

Lidos e considerados aos olhos de hoje, aquelas anotações juvenis testemunham a temperatura de um período de inquietação e procura: força pura da juventude. Revelam também um impressionismo esforçado, abstrato e com notório acento elevado e idealista que enfraquece boa parte dos fragmentos. Por força da influência — angustiada, claro — da apaixonada leitura dos autores preferidos, seu estilo beira a imitação dos modelos e incorre em exageros e impulsos duvidosos de absoluto. A rigor, não resistiram à ferrugem dos anos e os defeitos se tornaram evidentes.

Ainda assim, em algumas passagens melhores é possível perceber a ascendência do pensamento de Bosi e afins; algo como um aprendiz que repete a lição dos mestres com as próprias palavras. Para além disso, formava uma consciência maior sobre o ofício dos versos.

De um conjunto intitulado "Poesia no espelho", podemos resgatar o seguinte texto:

> Poesia estende-se na página como paisagem. Solar, às vezes; outras, crepuscular. Pode apresentar cores, volumes ou contornos; predomina, porém, o movimento, desentranhando-se do lance de hieróglifos que é. Paisagem urdida de linguagem, bordagem do alfabeto: jardim. Tal como a floresta, em variadas dimensões registra o desabrochar e o emurchecer de matéria orgânica. A poesia abre-se paisagem de múltiplos interiores. Vigília, auréola rara. Quando a boca do tempo morde o próprio rabo.

O fragmento desenha um raciocínio genérico e onírico. Algo próximo da escrita surrealista, ao desdobrar uma cadeia livre e associativa de conceitos e imagens; mas recai no excesso de abstração e ausência fina de imagem forte e central. Defeito que aparece também em outros trechos.

No mesmo caderno, algumas páginas adiante encontra-se uma anotação sobre o mistério da poesia:

> Algumas vezes acontece de os poemas e as frases detonadoras de algum poema serem capturadas dentro de uma vigília insone e tenebrosa. Não raio fulminante, a revelação abrupta e luminosa, mas, sim, a decantação das imagens apegadas ao espírito (embaralhadas, sem sintaxe) até revelar-se o flagrante ósseo de algum verso. Espera, esperança angustiosa.

Mas o melhor de tudo talvez esteja resumido numa frase rabiscada isoladamente e sublinhada: "Todo verdadeiro poema vem do escuro."

***

Quando publicou *O ser e o tempo na poesia*, Bosi contava com 41 anos de idade, dezoito dos quais já dedicados ao magistério na USP, inicialmente voltado para a literatura italiana e depois à brasileira. Acumulara durante esses anos uma impressionante bagagem de leitura, estendida a diferentes áreas e autores. E aquele trabalho representava um evidente esforço de esclarecer o campo de ideias e princípios que interessavam ao crítico.

Ao recordar o período que antecedeu a publicação do livro, em entrevista de 1998, Bosi comenta a inquietação intelectual vivida na década de 1970:

> Era um combate interior, pois toda a minha história pessoal me fazia resgatar instâncias idealistas (Croce, Spitzer, os estilistas espanhóis), intuicionistas ou existencialistas, herdeiras as duas últimas de um olhar subjetivista e, quase sempre, religioso, da condição humana: Kierkegaard, Bergson, Sheler, Marcel, Lavelle, Pareyson... Esse combate, que não renego (pois às vezes se reacende), só conhece apaziguamento na leitura de Hegel.[11]

Para além da extensa lista de pensadores e correntes, acrescenta-se ainda o interesse pela teoria política e a incorporação ao seu ideário do pensamento marxista cristão, identificado, sobretudo, nos escritos de Antonio Gramsci. Inspirado no conceito de "intelectual orgânico", criado pelo escritor italiano, Bosi também se envolveu com movimentos sociais ligados à Igreja católica e colaborou com grupos operários de Osasco.

No que se refere à arte, porém, a perspectiva de Benedetto Croce representava uma diretriz norteadora para compreender as contradições da experiência estética. Ao recordar as aulas de um saudoso professor da universidade, Bosi dimensiona a importância do autor italiano em sua formação:

> [Italo Betarello] nos fazia ler os textos de Croce, começando por *Aesthetica in nuce*. Era um choque hegeliano inesperado para um aluno do primeiro ano de Letras. Mas fundamental. Para mim, um presente. Passados mais de trinta anos, nada o substitui no atual currículo.[12]

Afirmação que confirma a assimilação por parte do crítico brasileiro de alguns conceitos caros ao filósofo italiano. Talvez não seja exagero dizer que o pensamento estético crociano representa uma

---

[11] MASSI, Augusto. "Céus, infernos: entrevista de Alfredo Bosi a Augusto Massi". *Novos Estudos*, São Paulo, n. 21, jul. 1988, pp. 100-15. Cf. p. 108.
[12] Ibid., p. 103.

espécie de eixo, coluna central em torno à qual ramificam outros autores influentes sobre o crítico brasileiro.

Para ter uma noção da confluência de ideários entre eles, basta ler o prefácio que antecede a publicação em português da obra italiana. Ao apresentar *o Breviário de estética* (1997)[13] — título adaptado para a edição brasileira —, Bosi detém-se nos aspectos centrais que balizam a reflexão do filósofo, a saber: a intuição como fator decisivo para a produção de imagens pelo artista; a relativização dos gêneros como critério na avaliação e composição das obras; a valorização da individualidade do artista e de suas "formas peculiares" para expressar os valores coletivos, e não o inverso. Tópicos que certamente dialogam com certas afirmações de *O ser e o tempo da poesia*.

Marcas crocianas — com ressonâncias de fundo idealista — também podem ser encontradas em *Reflexões sobre a arte* (1985),[14] texto breve e denso, em que Bosi incursiona na teoria da expressão artística. Nas páginas finais, conclui que a arte mobiliza simultaneamente as qualidades de "construir-conhecer-exprimir", tríade que lembra a síntese proposta na ideia de "intuição lírica" concebida pelo autor italiano.

Outro filósofo a ser lembrado como essencial ao modo bosiano de pensar a poesia é Gaston Bachelard. O autor francês certamente influencia o livro de 1977, embora seja nele citado apenas duas vezes, mas vai ocupar lugar de destaque no ensaio "Sobre alguns modos de ler poesia: memórias e reflexões", que apresenta *Leitura de poesia* (1996). Essa obra, aliás, foi concebida pelo estudioso brasileiro justamente para servir de exemplo da pluralidade de olhares possíveis diante do objeto poético.[15]

---

[13] BOSI, Alfredo. "A estética de Benedetto Croce: um pensamento de distinções e mediações". In: CROCE, Benedetto. *Breviario de estética = Aesthetica in nuce*. Rodolfo Ilari Jr. (Trad.). São Paulo: Ática, 1997, pp. 9-23.

[14] Id., *Reflexões sobre a arte*. São Paulo: Ática, 1985.

[15] Id. (Org.), *Leitura de poesia*. São Paulo: Ática 1996. O processo editorial desse livro foi coordenado pelo editor citado no início deste depoimento. Teve também a oportunidade de supervisionar, na mesma editora, a edição de dois outros livros de Alfredo Bosi: *Céu, inferno: ensaios de crítica literária e ideológica* (1988) e *Machado de Assis: o enigma do olhar* (1999).

O texto introdutório tece um depoimento em torno às grandes correntes críticas que marcaram o século XX, delineando seus atributos e fragilidades. E a síntese apresenta-se assim:

> No interior desse campo de polaridades expande-se uma crítica literária meio acadêmica, meio jornalística, estimulada pelo mercado cultural em crescimento. A abordagem do texto poético oscila entre um enfoque biográfico, às vezes brutalmente projetivo, e uma leitura erudita saturada de remissões e mediações de todo tipo.[16]

Triste conclusão para fechar um século tão ousado na experimentação das artes.

No entanto, o ensaio conclui com a figura de Bachelard, colocado estrategicamente depois do impasse constatado nas teses que se sucederam ao longo do século XX. Bosi resgata do autor de *A psicanálise do fogo* um conceito que considera fundamental na arte: "a fantasia artística é imaginação formal combinada com imaginação material".[17] Foge-se aqui à sedutora hipótese de valorizar um aspecto em detrimento do outro.

O que se persegue, portanto, é a captura de um sentido de totalidade presente na expressão dos artistas singulares. Desse modo, será possível observar as marcas do tempo que permanecem nos registros poéticos. Para cumprir a tarefa, o crítico brasileiro nutre-se obviamente de uma plêiade de autores e de referências, mas submetidos sempre ao filtro de sua observação arguta.

Ainda que suas raízes intelectuais remontem a diversas linhagens, predomina por sobre todas essas influências o apego à leitura atenta dos materiais, na busca por compreender os detalhes expressivos deste ou daquele poema. Afinal, é no mundo sutil das palavras que sucedem as ocorrências simbólicas da poesia e, por isso mesmo, deve-se primeiro estar atento à imanência do texto.

Por fim, cumpre lembrar que o livro aqui comentado teve ainda o mérito de lançar as bases de um pensamento que prosperou e assumiu novos desafios. Constituiu um passo decisivo para revelar aquele

---

[16] BOSI, Alfredo (Org.), op. cit., 1996, pp. 39-40.
[17] Ibid., p. 43.

que se tornaria um dos intelectuais mais respeitados do país, além de ter se mantido como fonte essencial sobre o tema. Trajetória que contrasta com muitas das referências estruturalistas e marxistas dos anos de 1970, tão cultuadas em certos círculos acadêmicos, as quais passaram à margem da História.

Sabor de *Macunaíma* na poesia modernista

"A poesia existe nos fatos",[1] proferiu Oswald de Andrade, em seu Manifesto da Poesia Pau-Brasil, publicado em 1924. "Os casebres de açafrão e de ocre nos verdes da Favela, sob o azul cabralino, [também] são fatos estéticos",[2] arrematou sentenciosamente, numa época em que as favelas ainda eram envolvidas pelo virginal contraste das folhagens naturais. Depois desse e de outros bardos modernistas, nunca mais a poesia brasileira sairia a público com a mesma desenvoltura, em seu fraque habitual.

Espelhado contra a cena tupiniquim, aceitando conviver com imagens sociais desconcertantes, o gesto poético típico do modernismo propõe um "acabamento de *carrosserie*",[3] em cujos versos deveriam predominar os efeitos de invenção e de surpresa, inspirados em uma "nova perspectiva",[4] "nova escala".[5]

Oswald lança as bases dessa postura e dispara os primeiros dardos da irreverência[6]. Sua poética, projetada num limiar de risco, aposta na dissonância do verso, no prosaísmo e no impacto das imagens como "reação contra todas as indigestões de sabedoria". O bom-mocismo literário, típico das vozes simbolistas que marcaram a virada para o século XX, cede vez a uma escatologia de linguagem que muda radicalmente o lugar do poeta diante do mundo.

---

[1] ANDRADE, Oswald de. "Manifesto da Poesia Pau-Brasil". *Correio da Manhã*, Rio de Janeiro, 18 mar. 1924, p. 5.
[2] Ibid., p. 5.
[3] Ibid., p. 5.
[4] Ibid., p. 5.
[5] Ibid., p. 5.
[6] É inegável também a importância de Mário de Andrade para a renovação modernista. No entanto, sem desejo de polarizar a questão, concordamos com Haroldo de Campos, no prefácio à obra poética de Oswald, quando afirma que "Mário não questionava a retórica na base; procurava antes conduzi-la para um novo leito, perturbá-la com a introdução de conglomerados semânticos inusitados, mas deixava o verso fluir longo, só aqui e ali interrompido pelo entrecortado 'verso harmônico'". Cf. CAMPOS, Haroldo. "Uma poética da radicalidade". In: ANDRADE, Oswald. *Obras completas, 7*: poesias reunidas. Rio de Janeiro: Civilização Brasileira, 1978, p. 14.

Escafandro

Debalde
o homem foi ao bordel

A poesia ficou nua entre grades como um meridiano
Mas tu escalaste o missal das janelas
E libertaste a alga da Bíblia nas piscinas.[7]

Apostando no contraste com uma Europa que, até havia pouco, representara um modelo literário a ser seguido, o poeta tupiniquim abandona a cerimônia da imitação e decide "virar a mesa" do ritual vigente. Expressando-se por meio da revolta, aspira a reaver uma condição de sujeito histórico. Por isso mesmo, sua atitude — tendo na linguagem o devido contraponto — volta-se para uma intervenção antropofágico-antropológica, empenhada em invocar imagens e sensações ligadas aos universos cotidiano, popular, folclórico e às formas simples de composição narrativa.

Descontada a ênfase que o tom de manifesto emprestou a Oswald — numa época em que o "grito" das vanguardas europeias ainda fazia barulho —, uma das conclusões que se obtém dessa nova postura é que, apoiada nas conquistas estéticas do movimento modernista, a poesia brasileira passou a exprimir notável desconforto em relação à chamada vida moderna. Abandonada a tese predominante do século XIX, de uma História impulsionada pelo espírito de progresso e evolução, a óptica "selvagem" procurou recuperar para sua palavra uma dimensão original.

3 de maio

Aprendi com meu filho de dez anos
Que a poesia é a descoberta
Das coisas que eu nunca vi.[8]

---

[7] ANDRADE, Oswald de, op. cit., 1978, p. 201.
[8] Ibid., p. 104.

Consequentemente, a criação poética passou a ser concebida com o estímulo de outra tradição, voltando suas antenas para o *locus* nacional. Desse ponto de vista, o ângulo privilegiado é o da contrainteligência chocando-se abertamente com o *statu quo*, representado pela forma da vida burguesa tradicional e do estilo literário predominante. Como força antagônica, o toque livre e ingênuo da nova criação tem como meta a corrosão incessante dos quadros estabelecidos: "A alegria é a prova dos nove",[9] arremata com direta simplicidade a nota antropofágica.

Apoiada nesse legado radical e de negação das esferas de uma cultura cristalizada, temos uma das mais fecundas trilhas da poesia brasileira contemporânea, que podemos genericamente chamar de *poética macunaímica*. Ligada metafórica e sugestivamente à rapsódia de Mário de Andrade, essa produção também pode ser caracterizada, à maneira do herói picaresco, por sua ausência de caráter — ou seja, trata-se de uma poética em que os versos estão concebidos por um antiestilo, em que a glosa, o chiste e a despersonalização conformam um efeito de perplexidade e ironia que, no limite, visa colocar em xeque os valores sociais e redimensionar o papel do poeta nesse meio. De Oswald a nossos dias, porém, essa criação apresentou matizes distintos, indicadores de uma transformação significativa. É o que procuraremos focalizar a seguir.

Depois da Semana de Arte Moderna de 1922, foram muitas as ramificações produzidas por esse mal-estar poético. Na verdade, o efeito macunaímico acabou por ecoar, em maior ou menor grau, na obra de quase todos os grandes poetas brasileiros do século XX. Carlos Drummond de Andrade, por exemplo, já nasceu *gauche* em *Alguma poesia* (1930), seu primeiro livro. O legado modernista do deboche e do *nonsense* inspirou-lhe boa parte da produção seguinte, tematizando o absurdo da condição humana.

Cota zero

Stop.
A vida parou
ou foi o automóvel?[10]

---

[9] Id., "Manifesto Antropófago". *Revista de Antropofagia*, ano 1, n. 1, maio 1928, pp. 7.
[10] ANDRADE, Carlos Drummond de. *Poesia e prosa*. Rio de Janeiro: Nova Aguilar, 1988, p. 26.

Paralelamente a um forte sentimento lírico e social, é fácil verificar que a perspicácia macunaímica subjaz em muitos dos versos de Drummond. O mesmo ocorre em Manuel Bandeira. Neste, a ousadia deflagrada em *Libertinagem* (1930) — seu quarto livro, que reuniu poemas escritos desde 1924 — abriu para o autor nova possibilidade de focalizar o cotidiano e o imediato, em contraste com valores idealizados e absolutos.

Irene no céu

Irene preta
Irene boa
Irene sempre de bom humor.

Imagino Irene entrando no céu:
— Licença, meu branco!
E São Pedro bonachão:
— Entra, Irene. Você não precisa pedir licença.[11]

O sabor leve e gostoso desse poema – que é marcante da nova fase de Bandeira — mantém vínculos notórios com a trilha aberta por Oswald, Mário e seus companheiros modernistas. Não seria absurdo, então, afirmar que, ao afastar-se do imaginário simbolista dos primeiros livros, Bandeira encontrou no acento macunaímico uma via de potencialização para sua visão de mundo.[12]

É óbvio, porém, que nele, como em Drummond, assistimos a uma transformação essencial dessa postura. Deixando de lado o jogo antitético, bem ao gosto do radicalismo literário do início do século XX, o que se percebe em ambos é o uso da dissonância, carregada de ironia e de imagens-surpresa, como contínua problematização da verdade do poeta:

---

[11] BANDEIRA, Manuel. *Poesia completa e prosa*. Rio de Janeiro: Nova Aguilar, 1986, p. 220.
[12] É em relação a Mário que Bandeira reconhece o avanço modernista, visto manter sobre a poesia de Oswald uma opinião crítica e restritiva.

Poema do beco

> Que importa a paisagem, a Glória, a baía, a linha do horizonte?
> — O que vejo é o beco.[13]

É evidente nesses versos de Bandeira, incluídos em *Estrela da manhã* (1936), uma reafirmação do dado circunstancial e contingente como centro de atenção para o poético. Será refletido nesse horizonte próximo que, no poema "Poética" de *Libertinagem*, ele negará o lirismo comedido e bem-comportado para afirmar-se em consonância com:

> [...]
> O lirismo dos bêbedos
> O lirismo difícil e pungente dos bêbedos
> O lirismo dos *clowns* de Shakespeare.
> [...][14]

Como se vê, já não se trata da mesma ênfase de Oswald, investindo na negativa dos modelos eurocêntricos; já não é a necessidade de iconoclastia que justificará o estabelecimento de uma *alternativa poética*. Antes, o traço macunaímico que se seguiu na obra de nossos melhores poetas se define por uma composição sutil, reveladora de uma consciência profunda dos limites e dos impasses da própria expressão.

Depois de lhe ter caído a aura numa poça de lama (conforme a clássica imagem de Charles Baudelaire), que trabalho resta ao poeta? De que linguagem ele dispõe para expressar-se verdadeiramente? Afinal, qual é sua verdade, num meio social em que a perversidade atinge a todos? Essas e outras questões tornaram-se presentes na poesia de Drummond e de Bandeira, evitando ambos, ao enfrentá-las, se acastelarem num romantismo de ordem sentimental ou, ainda, refugiarem-se em brados de heroísmo antropofágico.

Duas décadas depois, em meados do século XX, a herança macunaímica alcançou também o emergente movimento concretista.

---

[13] BANDEIRA, Manuel, op. cit., 1986, p. 228.
[14] Ibid., p. 207.

Mantendo filiação direta com o antioficialismo de Oswald, seus representantes maiores (Haroldo de Campos, Augusto de Campos e Décio Pignatari) realizaram uma produção renovadora e polêmica, na qual a consciência da crise da linguagem levou a um desejo de implosão da poética discursiva identificada com o momento anterior.

A partir da publicação do "Plano-piloto para poesia concreta" (1958),[15] esse grupo afirmou uma linha programática voltada para um internacionalismo literário (centrado na experiência de Ezra Pound) e, ao mesmo tempo, conduziu o verso a uma exploração inusitada. São bem conhecidos vários poemas dessa fase, em que a espacialidade da palavra poética abriu-se para uma tematização crítica da sociedade de consumo,[16] como o poema "coca cola", de Décio Pignatari.

```
     beba    coca    cola
     babe            cola
     beba
     beba    coca
     babe    cola    caco
     caco
     cola
            c l o a c a¹⁷
```

O efeito desejado era o de curto-circuito entre significante e significado. Ou, como afirmava o "Plano-piloto para poesia concreta", ao recusar o uso da metáfora, cada poema deveria ser concebido como um "objeto em e por si mesmo, não um intérprete de objetos exteriores e/ou sensações mais ou menos subjetivas".[18]

Nessa perspectiva, a exploração espacial da página e o rigor conceitual serviriam para renegar o lirismo e o confessionalismo,

---

[15] CAMPOS, Augusto de; PIGNATARI, Décio; CAMPOS, Haroldo de. *Teoria da poesia concreta*: textos críticos e manifestos, 1950-1960. São Paulo: Livraria Duas Cidades, 1958, p. 156.

[16] A esse respeito, ver as análises de: PEREIRA, Carlos Alberto Messeder. *Retrato de época*: poesia marginal, anos 1970. Rio de Janeiro: Fundação Nacional de Artes (Funarte), 1981; HOLLANDA, Heloisa Buarque de. *Impressões de viagem*: CPC, da vanguarda ao desbunde, 1960-70. São Paulo: Brasiliense, 1980.

[17] PIGNATARI, Décio. "coca cola". In: PIGNATARI, Décio; CAMPOS, Haroldo de; CAMPOS, Augusto de; AZEREDO, Ronaldo; GRÜNEWALD, José Lino. *Noigandres 5*: antologia do verso à poesia concreta, 1949-1962. São Paulo: Massao Ohno, 1962, p. 34.

[18] CAMPOS, Augusto de; PIGNATARI, Décio; CAMPOS, Haroldo de, op. cit., 1958, pp. 156-7.

identificados com a tradição. Procurando avançar a discussão, a poética macunaímica desenvolvida pelo concretismo apoiou-se numa ironia envolvendo os ícones principais da civilização moderna. O trabalho corrosivo e crítico da linguagem voltava-se para seu próprio meio social, apropriando-se da modernidade por meio dos signos imediatos. Sinal dessa mudança: o poema visual "LIXO/LUXO", de Augusto de Campos, viria a substituir o singelo dístico oswaldiano amor/humor.

Observadas numa perspectiva histórica, essas transformações bem podem ser tomadas como distintos imaginários que a poesia mobiliza para a representação das formas sociais de convivência e sensibilidade. A inspiração em *Macunaíma*, porém, permanece modulando essas vozes. Mesmo refugiado na constelação de Ursa Maior, conforme o desfecho concebido por Mário de Andrade à sua obra, a irreverência e picardia de seu personagem teve no século XX uma atualização contínua. Na década de 1970, assistiu-se a um *revival* de suas energias vigorosas.

A chamada poesia marginal, que floresceu nessa época, reviveu a irreverência macunaímica na obra de muitos poetas jovens. Combinando recursos derivados do concretismo, como a exploração espacial da página e/ou o uso acintoso de gíria e de imagens eróticas, entre outros, sua motivação central estava ligada a um vitalismo que procurava reagir em face de um momento político difícil. Afrontando-se com o contexto ditatorial, teve uma visível ressurreição a poesia identificada com o espírito de anarquia e a retomada de um vínculo direto com a vida.

Cacaso — cujo verdadeiro nome era Antônio Carlos de Brito —, morto prematuramente, transformou-se logo num de seus melhores representantes, por meio de uma obra ligada à tradição modernista:

Táxi

O poeta passa de táxi em qualquer canto e lá vê
o amante da empregada doméstica sussurrar
em seu pescoço qualquer podridão deste
universo.
Como será o amor das pessoas rudes?

> O poeta não se conforma de não conhecer
> todas as formas da delicadeza.[19]

Seguindo os passos de Bandeira, nesse poema a informalidade leva a poesia a descer ao rés do acidental cotidiano. Vale a pena fazer uma rápida análise de seus versos. Neles, é por meio do enfrentamento aberto com a cena comum e seus personagens — a empregada doméstica e seu amante — que o poeta questiona o lugar e a óptica pela qual se relaciona com o próximo e com o coletivo.

A pergunta que ele se faz, no centro do poema, abre a possibilidade (ou o anseio) de aproximação a outras formas de amor desconhecidas. Porém, a inconformidade, transformada em pedra de toque da expressão, entreabre um horizonte revelador de significados, quando aponta para um gosto final de precariedade em que o poeta reconhece desconhecer as formas de delicadeza alheia. Significativamente, no poema de Cacaso, abandona-se o ponto de vista da onipotência. Pelo contrário, é justamente a partir do *flash*, atento ao provisório e ao passageiro, que se obtém o efeito de uma evidência estética e (por que não?) humana.

Tal olhar às avessas também pode resultar numa tensão concentrada, que muitos poemas expressam de maneira fragmentária e epigramática. Como exemplo disso podemos citar as obras de Francisco Alvim e José Paulo Paes, poetas macunaímicos por excelência. Em ambos, cada um à sua maneira, a ironia e a perversidade complementam-se em doses curtas e ferozes.

> **Ora veja**
>
> O guarda era preto
> A moça era branca
> Queria limpar a família dele
> e sujar a dela.[20]

---

[19] CACASO. *Beijo na boca*: e outros poemas. São Paulo: Brasiliense, 1985, p. 31.
[20] ALVIM, Francisco. *Poesias reunidas, 1968-1988*. São Paulo: Livraria Duas Cidades, 1988, p. 50.

Lar

espaço que separa
o volkswagen
da televisão[21]

Folheando a obra poética desses dois autores, permanece a sensação de estranhamento diante de uma linguagem que parte do trivial (factual ou linguístico) para sinalizar o desconcerto da realidade e da própria subjetividade do poeta. Em Francisco Alvim, nota-se a vivência miúda e em tom natural de uma diversidade de vozes sociais, cujo registro "desafina" com o sentido de ordem e de normalidade. Cada poema emerge como uma fissura em que se entrevê a precariedade dos sujeitos-personagens diante de sua história.

Já em José Paulo Paes, mais voltado para o manejo lúdico e concreto da linguagem, a surpresa do texto advém de seu efeito de desmontagem da sintaxe, seja social, seja linguística. O poema anterior exemplifica bem esse gosto por subverter o que se apresenta cristalizado socialmente. A palavra do poeta trafega na contramão de uma lírica sentimental, buscando com isso reconquistar — pelo avesso — o sentido de renomeação das coisas do mundo. Ou, se for o caso, apontar vazios ainda não ocupados pelas palavras.

Concluindo, mas sem querer dar contornos fixos ao assunto, podemos apontar duas características principais a mobilizar o macunaísmo de nossos tempos: a antiestilização e a antiverdade. Recusando claramente os suportes tradicionais da *persona* literária — na poesia lírica, por exemplo, os conceitos de estilo e de verdade constituem a nervura central da expressão —, a criação macunaímica incorpora a seus versos uma ambiguidade que revela justamente a ausência de uma certeza a ser configurada ou defendida. Diferindo do primeiro modernismo, a utopia tupiniquim já não norteia a diferença desejada. Cabe ao poeta, portanto, o pêndulo de uma consciência cindida.

Essa ambiguidade ficou expressa numa feliz passagem do poema "Dicionário de rimas", de José Paulo Paes:

[21] PAES, José Paulo. *Um por todos*: poesia reunida. São Paulo: Brasiliense, 1986, p. 50.

P de poeta:
profeta?
pateta?[22]

Nem profeta. Nem pateta. Na verdade, a atual criação macunaímica apresenta dupla recusa a sustentar sua dicção: de um lado, refuta a possibilidade de apresentar-se como sujeito sensível (leia-se, sentimental) em relação ao mundo, evitando repetir a fórmula tradicional de um eu lírico em que a experiência pessoal vem configurar os limites da expressão; de outro, abandona qualquer esperança de homogeneidade com o meio social, procurando, pelo contrário, manter distância dos mecanismos de acentuação ideológica.

Já se caracterizou essa estratégia como uma atração entre jogador e terrorista.[23] Dividido entre os dois papéis, o poeta joga com os sinais mundanos e reinventa corrosivamente os significados. Dessa maneira, a palavra poética enfrenta a condição moderna, trazendo para a cena da linguagem os temas e os dilemas que marcam a vivência urbana do fim do século XX: violência, orientação sexual, propaganda, mídia, individualismo, opção política etc.

Cercando esses motivos, com humor e impiedade, surgiram nas últimas décadas vozes expressivas como as de Chacal — pseudônimo de Ricardo de Carvalho Duarte —, Waly Salomão, Sebastião Nunes, Alice Ruiz, Roberto Piva e Glauco Mattoso, entre outros. Apesar da diversidade, a síntese que os identifica pode ser tomada de um poema de Paulo Leminski, em que se vê atualizado o espírito oswaldiano:

Ímpar ou ímpar

Pouco rimo tanto com faz.
Rimo logo ando com quando,
   mirando menos com mais.
Rimo, rimas, miras, rimos,
   como se todos rimássemos,
como se todos nós ríssemos,
   se amar (rimar) fosse fácil.

---

[22] Ibid., p. 30.
[23] Ideia desenvolvida por: BOSI, Alfredo. "O livro do alquimista". In: PAES, José Paulo, op. cit., 1986, p. 20.

> Vida, coisa para ser dita,
> como é fita este fado que me mata.
> Mal o digo, já meu siso se conflita
> com a cisma que, infinita, me dilata.[24]

Ora o terrorista se oculta sob a veste do jogador, ora a eficácia do terror depende de sua capacidade de jogo. A poesia macunaímica encarna hoje essas duas habilidades, dando voz a uma antropofagia diferente e mais sutil. Se, em relação ao legado dos modernistas, perdeu em cor local e obsessão nacionalista, é certo que está mais atenta ao descontentamento e à perplexidade que tocam o indivíduo contemporâneo.

Sua chave, porém, continua a ser a desmistificação: a defesa por uma poética de dimensão humana, prosaicamente humana, unindo festivamente a alegria e a ironia. Essa é atualidade da voz de *Macunaíma*.

---

[24] LEMINSKI, Paulo. *La vie en close*. São Paulo: Brasiliense, 1991, p. 35.

Modernismos em confronto: Brasil e Portugal

É na condição de português de nascimento, transferido para o Brasil desde muito cedo (aos 6 anos de idade) e interessado nessa ponte que une o colorido dos trópicos à tradicional melancolia portuguesa, que sempre me atraiu uma visão comparativa entre as ideias que movimentaram o modernismo literário brasileiro, tal como veio a ocorrer na Semana de Arte Moderna de 1922, em contraposição à eclosão do grupo da revista *Orpheu* de Portugal.

Sei muito bem — e isso constitui um pressuposto — que uma confrontação desse tipo pode implicar distorções, correndo-se o risco de tomar um movimento à luz do outro. Por envolverem ambientes literários muito distintos, com importantes diferenças quanto à tradição, devemos respeitar o contexto próprio de famílias estéticas diversas. Nossa pretensão aqui é mais rasa e ligeira.

De um lado, partimos da ideia de que tanto o modernismo brasileiro como o português surgiram inicialmente estimulados pelo diálogo com a efervescência das vanguardas europeias do início do século XX — sobretudo, o futurismo de Filippo Tommaso Marinetti — e, cada um à sua maneira, formulou respostas diferentes para um impasse estético comum. De outro lado, uma comparação entre os dois movimentos também pode ajudar a entender as linhas de força que, no decorrer do século XX, influenciaram as literaturas nacionais.

O modernismo português teve sua aurora na década de 1910, com a publicação do primeiro número da revista *Orpheu*, em 1915, em torno da qual se reuniram figuras como o poeta Mário de Sá-Carneiro, o pintor José Sobral de Almada-Negreiros e, claro, o maior de todos os poetas: Fernando Pessoa. Diferentemente do caráter de afirmação nacionalista que se verificou nos trópicos, a revolta proposta por esse grupo desejava, sobretudo, negar o caráter extremamente idealista e demasiado artificioso e "artístico" do decadentismo simbolista que ainda imperava nas letras portuguesas.

Exemplo dessa visão encontrava-se no grupo que publicava a revista *A Águia*, no Porto, liderado pelo escritor Teixeira de Pascoaes, e tinha como princípio geral a evocação do passado lusitano representado na ideia de Saudade. Não a saudade pessoal, emocional e subjetiva, mas a Saudade com inicial maiúscula que voltava os olhos para o passado da Nação (igualmente com inicial maiúscula) e procurava representar o estigma de um legado envolto não apenas em vitórias (as Grandes Navegações) como também em derrotas (o desaparecimento de dom Sebastião), deixando um gosto de incompletude.

Para ter ideia dessa visão, vale a pena citar uma definição de Teixeira de Pascoaes sobre o assunto:

> A Saudade é o próprio sangue espiritual da Raça; o seu estigma divino, o seu perfil eterno. Claro que é a saudade no seu sentido profundo, verdadeiro, essencial, isto é, o sentimento-ideia, a emoção refletida, onde tudo o que existe, corpo e alma, dor e alegria, amor e desejo, terra e céu, atinge a sua unidade divina. Eis a Saudade vista na sua essência religiosa, e não no seu aspecto superficial e anedótico do simples gosto amargo de infelizes.[1]

Em posição a esse imaginário, por demais idealizado e tradicional, o grupo da revista *Orpheu* apostou numa renovação da atitude poética, abrindo espaço para a emergência da "Sensação". O que isso quer dizer?

De maneira sucinta, pode-se afirmar que os modernistas portugueses desejavam fazer uma poesia que desse conta do nervosismo da vida moderna e de suas implicações no imaginário individual. Para tanto, o próprio Fernando Pessoa criou os ditames do chamado sensacionismo, movimento literário passageiro, cujo preceito principal dizia o seguinte: "A única realidade da vida é a sensação. A única realidade em arte é a consciência da sensação."[2] Cabia ao poeta, portanto, sentir de maneira atenta os eventos da realidade circundante e, ao mesmo tempo, desenvolver uma consciência capaz de transformar

---

[1] PASCOAES, Teixeira de. "Renascença". *A Águia*, Porto, 2ª série, v. I, n. 1, 1912, p. 2.
[2] PESSOA, Fernando. *Páginas íntimas e de autointerpretação*. Georg Rudolf Lind e Jacinto do Prado Coelho (Orgs.). Lisboa: Ática, 1966, p. 137.

tais eventos em matéria poética, por meio de palavras, imagens e de uma aguda sensibilidade para o ritmo dos versos.

A visão ideal, herdada do simbolismo, já não bastava para representar a vida das cidades e solicitava outros recursos de linguagem para dar conta da dramaticidade do indivíduo-poeta. É com esse espírito que o grupo da revista *Orpheu* experimenta uma nova forma de fazer poesia, procurando recriar nos poemas as sensações de fragmentação, vertigem, fascínio e angústia, euforia e depressão.

Portanto, a corrente valorizadora da Sensação como matriz estética partia do princípio de que ao poeta cabe dramatizar sua condição crepuscular de sujeito cindido diante da realidade. Com esse propósito, a Sensação mobilizada nas páginas da *Orpheu* fez que a literatura portuguesa vivenciasse uma radical mudança de eixo, levando para o centro da poesia um homem já dessacralizado, entregue a um inusitado modo de sentir.

Menos de uma década depois, o processo de renovação literária aportou nas terras brasileiras exigindo tinturas bem mais fortes. Talvez porque as ideias literárias ainda se encontrassem (em alguma medida) fora do lugar, o traço iconoclasta da Semana de Arte Moderna de 1922 foi acompanhado de um ritual de ruptura que envolveu fortes discursos, poemas de impacto e uma radical afirmação dos temas nacionais como matéria-prima da criação.

Os chamados bolcheviques da estética — no dizer provavelmente irônico de Menotti del Picchia — queriam a todo custo inverter a mão da história literária, comprometida com um imaginário nefelibata, que também imperava nas terras tupiniquins. No prefácio à revista *Klaxon*, por exemplo, deparamos com uma raivosa negação do romantismo típico do século XIX, associado à torre de marfim e ao simbolismo.

Contra esse passadismo, os revoltosos da Semana de Arte Moderna anunciam o "fogo de artifício internacional de 1914"[3] e denunciam:

---

[3] ANDRADE, Oswald de. "Manifesto da Poesia Pau-Brasil". In: TELES, Gilberto de Mendonça. *Vanguarda europeia e modernismo brasileiro*: apresentação dos principais poemas, manifestos, prefácios e conferências vanguardistas, de 1857 a 1972. Petrópolis: Vozes, 1982, p. 329.

há cerca de cento e trinta anos que a humanidade está fazendo manha. A revolta é justíssima. Queremos construir a alegria. A própria farsa, o burlesco não nos repugna, como não repugnou a Dante, a Shakespeare, a Cervantes, Molhados, resfriados, reumatizados por uma tradição de lágrimas artísticas, decidimo-nos. Operação cirúrgica...[4]

Oswald de Andrade, por sua vez, munido de afiada ironia, afirma que "a poesia Pau-Brasil é uma sala de jantar domingueira, com passarinhos cantando na mata resumida das gaiolas, um sujeito magro compondo uma valsa para flauta e a Maricota lendo o jornal".[5] Segundo ele, fazia-se necessário pontificar "o contrapeso da originalidade nativa para inutilizar a adesão acadêmica".[6]

Sabemos hoje que essa cirurgia apoiada numa retórica enfática, típica das vanguardas, deu bons frutos e inseminou pela raiz uma mudança de postura da poesia brasileira. A adoção da linguagem direta e prosaica ampliou consideravelmente o leque de imaginário capturado em versos na literatura brasileira — e o melhor exemplo disso, creio, deu-se no interior da poesia de Manuel Bandeira, que, como sabemos, passou por uma profunda revolução estética detectada nos poemas anteriores e posteriores aos de seu livro *Libertinagem* (1930).

Ora, esta rápida rememoração dos dois modernismos de língua portuguesa sugere que esbocemos aqui algumas de suas semelhanças e, sobretudo, algumas de suas diferenças. Quanto às semelhanças, tornam-se evidentes pelo fato de elegerem o passado e seus hábitos estilísticos como o maior inimigo da autêntica expressão literária. De tanto repetir sua forma e fórmula, o tratamento regular dos versos e a natural associação dos sentimentos a imagens previsíveis acabavam por resultar numa constante *performance* de ventríloquos.

Para alcançar sopro novo, porém, os caminhos de Portugal e do Brasil enveredaram por direções distintas. De um lado, o grupo português manteve a essência de sua visão centrada na questão do sujeito e de sua vivência das circunstâncias. A obra de Sá-Carneiro é exemplar nesse sentido, pois representa um ponto de passagem entre

---

[4] Ibid., p. 329.
[5] Ibid., p. 329.
[6] Ibid., p. 329.

o simbolismo tradicional — apegado a um repertório de palavras em maiúscula, tais como Mistério, Ideia, Poente e outros tantos — e o dilaceramento do sujeito-poeta, ansioso por outros meios para versar a complexidade que o rodeia. Pessoa — que logo veio a se tornar o grande sol da moderna galáxia portuguesa — radicalizou essa miragem e empreendeu uma obra vigorosa voltada justamente para esse raiar múltiplo da sensibilidade, presente em seus heterônimos.

Já o modernismo brasileiro teve seu maior mérito em mudar a sintonia do discurso poético que por aqui se praticava. Nesse sentido, o tom elevado e excessivamente retórico de um Alphonsus de Guimaraens cedeu vez à irreverência de um Oswald de Andrade; e Olavo Bilac, com seu fraque parnasiano, quem diria, acabou afrontado pela pauliceia desvairada de Mário de Andrade.

Portanto, talvez possamos afirmar que o modernismo português da *Orpheu* procurou empreender uma reforma estética em que o poeta seria uma espécie de animal linguístico que sente o mundo, atento a uma polifonia de sinais e de significados. E tanto melhor seria sua poesia quanto maior fosse a consciência das sensações.

Desconfiado da inspiração que se apossava dos escrevinhadores de vertente simbolista e decadente, os modernistas portugueses abriram espaço para uma imaginação subjetiva em que o sujeito-poeta se deparava com a efervescência da vida moderna, tal como a anunciou Fernando Pessoa em sua famosa "Ode triunfal":

> À dolorosa luz das grandes lâmpadas elétricas da fábrica
> Tenho febre e escrevo.
> Escrevo rangendo os dentes, fera para a beleza disto,
> Para a beleza disto totalmente desconhecida dos antigos.
> [...][7]

Correspondente ao horizonte de uma nova era, fazia-se necessária uma sensibilidade renovada, sem "pré-juízos", capaz de atentar para as engrenagens da vida moderna. Portanto, o sujeito poético transformava-se *a partir de dentro*.

---

[7] PESSOA, Fernando. *Obra poética*. Maria Aliete Galhoz (Org., introd. e notas). 3. ed. Rio de Janeiro: Nova Aguilar, 1969, p. 364.

Já o modernismo brasileiro — principalmente o da primeira dentição, característico dos anos 1920 — teve como preocupação central bagunçar o coreto bem-comportado da oficialidade literária, atacando de frente seu gasto e surrado repertório de linguagem. Foi, por isso mesmo, um movimento dotado de maior agressividade, comparado ao português, e abrigou uma notável diversidade de vozes e de autores. Nesse sentido, a reviravolta brasileira passou por uma autêntica transformação da linguagem poética, tornando-a mais maleável e próxima ao universo da fala. Ou seja: o modernismo de Mário e de Oswald, principalmente, ocasionou uma efetiva revolução *a partir de fora*.

Assim, se estas considerações estiverem no caminho da razão, é curioso perceber como os atalhos modernistas do Brasil e de Portugal se distanciaram, seguindo intuições diversas, embora ambos se nutram da mesma e querida língua portuguesa. Porém, passado quase um século dessas insurreições literárias, prefiro terminar proferindo uma provocação a nossos caros poetas e escritores: não será o caso de aproveitarmos o momento que estamos vivendo para justamente redescobrir o veio comum e subterrâneo que nos une à escrita de Portugal?

Sabemos que João Cabral de Melo Neto e Sophia de Mello Andresen — poeta portuguesa nascida no Porto em 1919 — mantiveram estreito vínculo e tinham um pelo outro uma afinada admiração estética. Então, que a amizade deles nos sirva de exemplo para atalhos futuros.

Conexões poéticas luso-brasileiras

Se remontarmos aos primórdios do diálogo poético entre Brasil e Portugal, veremos que o signo da História predominantemente se impõe. Para além da particularidade do estilo de cada poeta e da especificidade de seu imaginário, pairava sobre a expressão individual a trama coletiva do contexto em que se encontrava inserida. Isso se deu, nos três primeiros séculos da colonização, pela forma de um "complexo colonial de vida e de pensamento",[1] conforme assinalou Alfredo Bosi.

Ser colônia — cuja condicionante histórica é ser "o outro" — equivaleria a uma forma de participação restritiva quanto a seu próprio destino. Ao mesmo tempo, essa condição gerou o contrapeso de um sentimento que mobilizou uma série de poetas e de tendências a afirmar os temas brasílicos. A cor local, ainda que apresentada com tintas importadas, acentuava o efeito do contraste. É com esse sentido, por exemplo, que, a partir dos árcades, com Santa Rita Durão e Basílio da Gama, o indigenismo foi apropriado como valor nacional contraposto à presença da metrópole. Logo depois, dada a influência do pensamento da Ilustração sobre o pensamento inconfidente, acentuou-se ainda mais a instauração da diferença em termos literários como um correlato da afirmação de um sentido histórico próprio.

Mesmo após a independência política, essa afirmação de alteridade não chegou a se romper. Pelo contrário, continuou sendo um traço determinante da cultura brasileira. Perpassando os românticos e em menor grau os simbolistas, a consciência nacional eclodiu nova e radicalmente por meio do brado modernista de 1922. "Tupi or not tupi, that is the question",[2] desafiava o manifesto de Oswald de Andrade, colocando no centro da atitude literária a estratégia da

---

[1] BOSI, Alfredo. *História concisa da literatura brasileira*. São Paulo: Cultrix, 2004, p. 11.
[2] ANDRADE, Oswald de. "Manifesto antropófago". In: TELES, Gilberto de Mendonça. *Vanguarda europeia e modernismo brasileiro*: apresentação dos principais poemas, manifestos, prefácios e conferências vanguardistas, de 1857 a 1972. Petrópolis: Vozes, 1982, p. 353.

antropofagia. Negando um passado de diálogo com Portugal e recusando o progressismo alardeado pelas vanguardas no início do século XX, caberia aos artistas antropofágicos recuperar o elo com uma origem anterior ao processo histórico. "Já tínhamos o comunismo. Já tínhamos a língua surrealista. A idade de ouro",[3] afirma Oswald enquanto invoca a alegria como prova dos nove.

Se ali já se desfigurara o sistema colonial como justificativa para um antagonismo estético, ainda assim o grupo da revista *Klaxon* reforça a distinção do tema nacional segundo um critério de marginalidade histórica. Nesse momento, a consciência de estar na periferia dos acontecimentos mundiais continuava a justificar a necessidade de uma estética polarizadora. Como no caráter épico buscado pelo arcadismo tupiniquim, sobretudo nos poemas *O Uraguai* (1769), de Basílio da Gama, e *Caramuru* (1781), de Santa Rita Durão, permanecia, ainda no início do século XX, a necessidade de firmar-se como "outro" em relação aos processos hegemônicos.

Esse pensamento projetará influências na prosa e na poesia até a chamada Geração de 45. O poema "Cobra Norato", de Raul Bopp, pode ser considerado um ato epígono dessa tradição. Dez anos depois, o movimento concretista será responsável por uma fecunda guinada no interior desses procedimentos. Distinguiam essa nova proposta o caráter internacionalista de suas ideias, o suporte crítico-teórico como retaguarda da produção textual e a inserção numa sociedade de consumo que começava a reproduzir nas grandes capitais brasileiras a *Weltanschauung* da modernidade que começava a abolir as fronteiras nacionais. Tudo isso, surgindo no âmbito das transformações decorrentes da Segunda Guerra Mundial, desencadeou na poesia um caminho novo para o diálogo entre o particular e o universal.

Este breve resumo, que é, sobretudo, uma leitura pessoal, não visa aqui propor um esquema de determinação histórico-literária. Longe da poesia, os esquematismos. No entanto, creio que é necessário desenvolver a consciência em torno desse processo de posicionamento da poesia brasileira, justamente para que a geração atual saiba lidar de forma libertadora com seu "eu próprio".

[3] Ibid., p. 356.

Hoje, é certo, os procedimentos estéticos distanciam-se de uma polarização pendular e enredam-se numa pluralidade de "outros" que não estão determinados exclusivamente pelo móvel histórico. Do mesmo modo, a poética moderna, ao debruçar-se na textualidade, recolhe toda uma gama de perplexidades que lhe colocam em xeque a própria expressão. Em última instância, o "outro" de nossa linguagem acaba sendo a linguagem ela mesma.

É nesse contexto de autorreferencialidade — ou, se formos ao extremo, de autofagia — que julgo exemplar a experiência da poesia portuguesa contemporânea. A partir da *Orpheu*, revista literária de 1915, tem-se nela oferecido um feixe de caminhos que, de certo modo, refigura o ocaso do século XX. Sua incorporação dos preceitos futuristas, surrealistas e de outras tendências eclodidas no interior da crise de representação moderna abriu espaço para a emergência de poetas que enfrentam ao rés do texto o diálogo com a corrosão da linguagem.

A experimentação formal com as palavras e as técnicas operatórias da expressão foi desenvolvida e assimilada em diferentes níveis, muitas vezes não se antagonizando com o lirismo fundamental. Uma série de nomes poderia ser lembrada para dar conta dessa multiplicidade de olhares que se entrecruzam. António Ramos Rosa, Carlos de Oliveira, Eugénio de Andrade, António Maria Lisboa, Mário Cesariny, Sophia de Mello Andresen, Luiza Neto Jorge e Herberto Helder são alguns deles. Constituem um jardim de sendas que se bifurcam e se enredam numa proposição variada de "descobertas" poéticas. O mais importante, contudo, é que neles se manifesta uma verdadeira consciência dos impasses que cercam hoje a palavra poética. Cada um com seu logos trabalha uma dicção singular diante do dilema projetado por Fernando Pessoa e Mário de Sá-Carneiro: a tensão entre o dizer e o sentir.

Parece-me que o traço peculiar da poética portuguesa contemporânea — ao menos quanto aos poetas anteriormente citados — está ligado a uma transfiguração vertiginosa do eu lírico. O livramento de significados direitos e avessos contidos nas palavras equivaleria a uma experimentação multifacetada de sentidos para uma subjetividade que sabe precário seu vínculo com o real. Dessa perspectiva, as palavras não descrevem um olhar sobre o mundo, mas constituem elas próprias a miragem. No centro perturbado de um poema emerge simultaneamente um ponto de vista que se inaugura. É então iniciado um novo diálogo com a língua: o eu lírico se anuncia pelo resgate de fragmentos, como compete à sensibilidade moderna.

"Ninguém se aproxima de ninguém se não for num murmúrio/ entre floras altas: camélias de ar",[4] dizem os versos do poema "Divagações" de Herberto Helder que contrastam/complementam os versos do poema "Desvios" de Luiza Neto Jorge: "Surdem da infância medos totais/ Nem mesmo o tempo ou o riso os sara".[5] Esses recortes podem ser tomados como exemplos da vertigem que singulariza e aproxima esses poetas, empenhados em avançar os termos deixados por Pessoa. Se no poema "A passagem das horas" ele dizia que era necessário "sentir tudo de todas as maneiras",[6] esses sucessores avançam na proposição (vale dizer, na sintaxe dos sentidos); seu anseio dirige-se para sentir sob todos os modos de linguagem.

Ao modalizar as palavras sob o sopro da experimentação, o sujeito poético vê-se deslocado de seu lugar clássico. Já não figura como um centro soberano em torno do qual se imprimem as imagens da amada (romantismo) ou do sonho (simbolismo), seja este de decadência, seja de ascese. A revolução centrífuga dos tempos modernos virou do avesso esse princípio. O movimento que se busca não é mais o de revelação do eu (como se ao poeta coubesse apenas a mediação dessa passagem), mas o de sua aparição, identificando-se num campo comum os espectros de realidade e de imaginário. Torna-se, enfim, totalizadora a identidade com a palavra.

Nessa perspectiva, superpostos os caminhos individuais, a paisagem que ora temos na esfera portuguesa é a de uma poética em dispersão. Esta já não se confunde com a dispersão de Sá-Carneiro, que remetia a uma subjetividade decaída e raiada em sensações

---

[4] HELDER, Herberto. *Poesia toda*. Lisboa: Assírio & Alvim, 2005, p. 72.
[5] JORGE, Luiza Neto. *A lume*. Lisboa: Assírio & Alvim, 1989, p. 53
[6] PESSOA, Fernando. *Poesia completa de Álvaro de Campos*. São Paulo: Companhia das Letras, 2007, p. 173.

plurais. Antes, trata-se de uma variante de possibilidades que a palavra instauradora torna equivalentes. Metaforizando perigosamente, diria que há uma dispersão de vozes e de poetas que, com os olhos descentrados pela errância da linguagem, continuam atentos ao núcleo vital das ocorrências pequenas, cotidianas. É dessa atenção calculada que lhe advém o toque de vitalidade.

Sem dúvida, esse é um horizonte que — observado das terras brasileiras — instiga ao diálogo. De maneira distinta e própria, Portugal tem a oferecer uma experiência poética que trabalha com uma origem da qual a modernidade se vê dilaceradamente distante. Sua relação com a Europa marcou-se literariamente por uma saudável dialética entre o particular e o universal. Seus escritores cresceram evidenciando esse caráter, sem, contudo, distanciar-se da linhagem do sensível que sempre se manifesta no nível do melhor lirismo.

Cabe, portanto, deste lado do Atlântico, inaugurar uma renovada forma de ser efetivamente outro. Como impulso, tomemos a lição da História recente, que tem desfigurado em plano mundial as polarizações conhecidas e nos arremessa todos numa vertigem de procura de identidade. Afinal, as perguntas que o indivíduo faz sobre si mesmo são os laços possíveis que ele mantém com seu tempo.

Plantados na cena brasileira, não podemos renunciar a essa evidência. Nas últimas décadas, talvez até por continuar exercitando uma alteridade em velho estilo, os poetas desta banda têm se polarizado em trincheiras, que, muitas vezes, só falsamente apontam para a transgressão desejada. Até há bem pouco tempo, os autodenominados *engagés* brigavam com os concretistas, que por sua vez combatiam todos os lirismos florescentes e assim por diante. Sustentando os polos, decretou-se o fim do "eu" e a instauração da poesia "útil". Carlos Drummond de Andrade, Manuel Bandeira e João Cabral de Melo Neto — como poetas federais que são — ora eram puxados para aqui, ora para lá, conforme o interesse. Pois bem, nos céus de hoje, isso teria o sabor de uma batalha de fogos de artifício.

Esta reflexão de modo algum remete a uma hegemonia pacífica de estilos. As guerras emblemáticas do ato de escrever continuam desafiadoras à nossa frente. A radicalidade me parece ainda o imperativo subliminar da poesia. E, se quisermos participar dos horizontes do século XXI, será como sujeitos da linguagem que compartilharemos a criação.

A poesia portuguesa pode ser boa companheira na travessia dessas perplexidades. Seguramente, a alteridade que ela nos oferece toca esferas profundas de identidades que se mesclaram. Compartilhamos a mesma língua. Isso não é pouco. Pois, no extremo de sua transparência, as palavras guardam uma memória indizível.

O que se faz necessário então é despolarizarmos os termos, colocando em sentido comum a mobilização do olhar. Cabe a nós compartilhá-la. Como culturas lançadas na História, já não faz mais sentido repetir as conhecidas dicotomias que durante o período da colônia identificavam uma relação de senhor e escravo, que na pós-independência se viu transformada no antagonismo entre Caliban e Próspero. À poesia, como espaço de origens que é, torna-se possível insistir na vigência de um novo signo: eu próprio o outro.

PARTE II

DOS POETAS

José Paulo Paes: epigramática exata

José Paulo Paes era um declarado adepto do epigrama. Deu o nome dessa forma poética ao quinto de seus livros de poesia, publicado em 1958.[1] E por alguns anos dedicou-se a traduzir do original inúmeros poemas da Antologia Grega ou Palatina, famosa recolha de escritos da Antiguidade. Ao definir esse tipo de composição, optou por ressaltar "sua brevidade, de par com o torneio mais ou menos engenhoso porque nele é expresso um pensamento".[2] Em seguida, cita a máxima de S. T. Coleridge sobre o assunto: "o todo anão cuja alma é agudeza e cujo corpo é concisão".[3]

Agudeza e concisão, torneio engenhoso na expressão, são também designações apropriadas para se referir ao universo poético do próprio Paes. Afinal, nomeiam uma qualidade literária que está presente em seu imaginário desde o livro de estreia, de 1947, em cujo título se declara *O aluno* em matéria de poesia, e se manteve ativa nas publicações seguintes, culminando com a produção madura de *Socráticas*, obra editada postumamente em 2001.

Pode-se mesmo considerar o autor como dotado de uma *poética epigramática*. Melhor dizendo, poética dotada de uma gramática mental de tal ordem que deixa o dito pelo não dito e, por essa via, produz a faísca da ironia. Este ensaio pretende justamente investigar e sugerir algumas noções em torno a essa vertente de síntese corrosiva que permeia parte significativa de seus poemas. Neles, quase sempre em toque lúdico, revela-se a visão de um intelectual raro, que também atuava no campo da crítica literária, da tradução e da edição.

A primeira dificuldade do tema diz respeito ao fato de que, no contexto da modernidade, o epigrama não se define pelo aspecto formal dos versos, exceto no que se refere à necessária brevidade

---

[1] PAES, José Paulo. *Epigramas*. São Paulo: Cultrix, 1958.
[2] Id., "Paladas e a tradição do epigrama". In: *Paladas de Alexandria*: epigramas. São Paulo: Nova Alexandria, 1992, p. 18. Ver também: id. (Org.), *Poemas da antologia grega ou palatina*: séculos VIII a.C. a V d.C. São Paulo: Companhia das Letras, 1995.
[3] PAES, José Paulo, op. cit., 1992, p. 18. Ver também: PAES, José Paulo (Org.), op. cit., 1995.

dos dizeres. Se, em sua origem helênica, era um modelo identificado com as inscrições de túmulos, perdeu aos poucos esse elo e ganhou autonomia expressiva, abraçando a veia satírica e o culto ao prazer. Durante o Renascimento, foi retomado por importantes escritores que lhe ampliaram as possibilidades, alcançando o auge no século XVII. Com a modernidade, o formato não esmoreceu e inspirou autores como W. B. Yeats, Ezra Pound e René Char, por exemplo.

Isso posto, resta-nos considerar o epigrama com base no *páthos* nele implicado. O espírito tumular que está na base da tradição cedeu vez a um alargamento de sentidos — e de sentimentos —, mas ainda assim é um tipo de escrita que preserva, mesmo na atualidade, sua natural tendência reflexiva e assertiva. Classificado entre as formas breves, prima pela síntese e por um lirismo que acena para além do que está dito.

Friedrich Nietzsche toca a medula dessa questão ao defender a pertinência da brevidade: "algo que é dito brevemente pode ser produto e colheita de muito que foi longamente pensado".[4] Assim, a matéria percorrida pelo pensamento se faz revelar por meio apenas de um recorte — ou movimento seletivo —, capaz de sugerir todo o arco de significação implicado em um texto. Ao afirmar algo, o discurso epigramático se compromete a entregar ao leitor a essência de um percurso reflexivo que se condensa em poucas palavras.

Dessa maneira, o enunciado assume quase sempre a perspectiva de desatar a última conexão de uma corrente, de uma conclusão; ao lado disso, deve ainda subentender o contexto e a trama em questão, sob o risco de cair no vazio. Ou seja, estamos diante de uma operação expressiva que apela, sobretudo, à consciência, tanto de quem escreve como de quem lê, de modo a produzir um sentido conclusivo sobre as coisas.

Foi com tal espírito que Paes concebeu este poema incluído em seu segundo livro, de 1951:

Epigrama

Entre sonho e lucidez, as incertezas.
Entre delírio e dever, as tempestades.

---

[4] NIETZSCHE, Friedrich. "Contra os que censuram a brevidade". In: *Humano, demasiado humano II*. Paulo César de Souza (Trad.). São Paulo: Companhia das Letras, 2008, p. 163.

Ai, para sempre serei teu prisioneiro,
Neste patíbulo amargo de saudades...[5]

Já o fato de o texto levar o nome da forma poética mostra a intenção do autor em reproduzir o modelo tradicional de composição, comumente desdobrado em duas seções: os versos iniciais constituem o *nó*, com o intuito de atiçar a curiosidade do leitor, e os finais propõem o *desenlace*, cuja eficiência depende do efeito de surpresa conseguido. No caso anterior, as duas primeiras linhas acenam com o espaço da ambiguidade (feito de incertezas e tempestades) para em seguida arrematar uma confidência certeira e patética: "Neste patíbulo, amargo de saudades...".

A unidade geral está assegurada pela regularidade métrica de onze sílabas por verso. Mas chama a atenção o caráter sentencioso das duas primeiras frases, como que a pontificar a síntese existencial do sujeito lírico, em contraste com uma pessoalidade desgastada, que se dirige à amada na sequência. A abstração inicial de pronto se vê recortada por uma interjeição — "Ai" — que faz o texto saltar para o plano íntimo.

De fato, ocorre no poema uma nítida transição de tonalidade da primeira parte — de molde conceituoso e gnômico — para a segunda, de viés rebaixado e intimista. Essa característica, por sua vez, parece estar na essência do funcionamento poético do epigrama em geral. É como se o nó das proposições iniciais constituísse o pano de fundo sobre o qual se desenlaça um recorte individual e específico, criando desse modo uma narrativa apenas sugerida, sem palavras.

Movimento semelhante se percebe em outros momentos do autor. A exemplo da peça dedicada a Nazim Hikmet, de 1958, em que manifesta admiração pelo poeta turco e por sua singular simbiose entre arte e militância política:

A Nazim Hikmet

Não a fina argila de que se faz um vaso.
Mas o barro do chão, sujo de sangue e passos

---

[5] PAES, José Paulo. *Poesia completa*. São Paulo: Companhia das Letras, 2008, p. 66. Poema incluído no livro *Cúmplices* (1951).

> E combates humanos: essa, Nazim, a ríspida matéria
> Que sempre modelaste.[6]

Também aqui o fluxo do poema se divide em dois momentos distintos, embora sem regularidade métrica. Começa por uma negativa que enfatiza a afirmação seguinte, completada no terceiro verso. E novamente um elemento de passagem — o pronome demonstrativo — cumpre o papel de conduzir ao desenlace, de fundo pessoal.

Mecanismo idêntico transparece ainda em um texto mais tardio e incluído no livro *De ontem para hoje*, de 1996:

> Ítaca
>
> Na gaiola do amor
> Não cabem asas de condor.
> Penélopes? Cefaleias!
> Quanta saudade, odisseias...[7]

O universo de Ulisses está preconizado desde o título, em simbiose com a frase dos dois primeiros versos em que se evoca o espírito de liberdade do herói grego. No entanto, o andamento altera-se em seguida e envereda por um repentino exame de consciência, representado no contraponto entre a interrogação e a exclamação; o último verso, porém, apresenta-se personalizado e em estado de rememoração das aventuras passadas.

Cada um à sua maneira, os três textos comentados implicam uma dicção minimalista e conclusiva, sujeita ao pressuposto nietzschiano de oferecer uma colheita de circunspecção devidamente amadurecida. Com isso, a voltagem será tanto maior quanto maior for a surpresa (ou a comoção) resultante do contraste entre a singularidade do indivíduo e a generalização da experiência evocada. O efeito poético, aliás, depende da eficácia de tal contraponto.

Por conseguinte, o mesmo raciocínio leva a concluir que esse tipo de poema frequentemente implica uma *dicção subjetivada*. Ou, melhor dizendo: resulta de uma dicção que tem a subjetivação por

---

[6] PAES, José Paulo, op. cit., 2008, p. 127. Poema incluído no livro *Epigramas* (1958).
[7] PAES, José Paulo, op. cit., 2008, p. 442. Poema incluído no livro *De ontem para hoje* (1996).

pressuposto, ainda que nem sempre se explicite por meio da primeira pessoa. Antes de tudo, o corte subjetivado da inteligência estaria configurado na escolha dos elementos evocados e no tom do enunciado.

Incide aqui a proposição levantada por Émile Benveniste, ao afirmar que a subjetividade de um discurso não se define "pelo sentimento que cada um experimenta de ser ele mesmo [...] mas como a unidade psíquica que transcende a totalidade das experiências vividas que reúne, e que assegura a permanência da consciência".[8] Essa consciência se torna operadora das imagens e das palavras evocadas, motivadas pelo jogo de interlocução com o leitor.

O linguista francês assevera que a polaridade implicada na linguagem tampouco significa simetria de papéis; lembra ainda que "o *ego* tem sempre uma suposição de transcendência quanto ao *tu*; apesar disso, nenhum dos dois termos se concebe sem o outro".[9] Toda ação discursiva implica, portanto, uma locução de natureza subjetiva.

É bem verdade que Benveniste apresenta um preceito abstrato e vasto, mas tem a qualidade de definir de modo apropriado o estratagema poético presente em diversos poemas curtos de Paes. Seu argumento cai como uma luva sobre a *performance* minimalista do poeta, exímio em levar ao limite certas qualidades da linguagem.

Ora, pode-se dizer que a veia epigramática de nosso autor justamente dispara o tal mecanismo de "suposição de transcendência", porém submetido ao princípio moderno de distanciamento e corrosividade. De um lado, seus versos emulam o caráter sentencioso inerente aos ditos conscienciosos; de outro, têm espírito crítico suficiente para desacreditar das prescrições universais que não levem em conta o particular. Em meio a essa fenda, atua o olhar da poesia.[10]

Ao convocar um homem saudoso, um escritor rebelde do Oriente ou mesmo um herói grego que confessa saudades, o poeta

---

[8] BENVENISTE, Émile. *Princípios de linguística geral I*. Campinas: Pontes, 2005, p. 286.
[9] Ibid., p. 286.
[10] Davi Arrigucci Jr., ao comentar a característica epigramática do autor, sublinha o sarcasmo, transformado em condição de verdade. Segundo ele, Paes apresenta o procedimento de "ver o grande no mínimo, até minimalizar, nos limites do poema e suas palavras essenciais, o todo intuído num golpe de vista momentâneo". Cf. ARRIGUCCI JR., Davi. "Agora é tudo história". In: PAES, José Paulo. *Os melhores poemas de José Paulo Paes*. Davi Arrigucci Jr. (Sel.). São Paulo: Global, 1998, p. 35.

de Taquaritinga aciona claramente o dispositivo da subjetivação para que os ditos gerais sejam postos à prova, revestidos de singularidade. Por vezes, o resultado resvala no lirismo, mas com maior frequência promove um antagonismo entre uma esfera e outra. Além disso, a própria dicção do poema sugere uma subjetividade direcionada ao leitor.

Desse modo, ganha forma um tipo de epigrama todo seu, levado ao máximo da síntese e, ainda assim, capaz de produzir um clarão cognitivo que pode até mesmo subverter os limites da racionalidade. Com alguma frequência, o imaginário de Paes sinaliza em breves palavras justamente a confrontação entre o destino individual e a universalidade da experiência que interessa a todos.[11] A seu modo, produz um curto-circuito esclarecedor.

Essa característica fica evidenciada também nos diversos epitáfios presentes em sua poesia completa. Esse tipo de composição esteve associado, na Antiguidade grega, ao resumo biográfico dos defuntos, mas, a partir do período latino, ganhou contornos mais poéticos e praticamente se aproximou do epigrama, assumindo variantes que vão do trágico ao tom jocoso e satírico.[12] Também nesse caso Paes potencializa o contraponto entre o dizer geral e a pessoa em questão.

Veja-se inicialmente o epitáfio dedicado a Osman Lins:

Epitáfio para Osman Lins

o palíndromo do mundo
ora se te aclara:
verbo fez-se a carne
voa avalovara![13]

---

[11] Ao afirmar que, na obra lúdica de Paes, "atraem-se o jogador e o terrorista", Alfredo Bosi caracteriza à sua maneira a dicotomia entre as perspectivas pessoal e universal do autor. Cf. BOSI, Alfredo. "O livro do alquimista". In: PAES, José Paulo. *Um por todos*: poesia reunida. São Paulo: Brasiliense, 1986, p. 20.
[12] MOISÉS, Massaud. *Dicionário de termos literários*. São Paulo: Cultrix, 1985, p. 194.
[13] PAES, José Paulo, op. cit., 2008, p. 245. Poema incluído no livro *Resíduo* (1980). O verso de Verlaine, na tradução de Alphonsus de Guimaraens, é: "Toma a eloquência e torce-lhe o pescoço!". Cf. PROENÇA FILHO, Domício. *Estilos de época na literatura*: através de textos comentados. São Paulo: Ática, 1989, pp. 270-1.

Enquanto o primeiro e o terceiro versos sugerem uma dimensão cósmica em transformação, o segundo e último se diferenciam pela tonalidade evocativa, em que fica subentendida uma situação de diálogo intersubjetivo. A quadra de versos elabora ainda a passagem de um plano inicial, indefinido e marcado por um murmúrio de vogais fechadas — palíndromo do mundo —, para terminar com uma original aliteração em que predomina o som aberto da primeira vogal.

Diálogo semelhante, porém mais sutil, pode ser encontrado neste poema que brinca com os versos de Paul Verlaine:

Lápide para um poeta oficial

a morte enfim torceu
o pescoço à eloquência[14]

Embora tenhamos aqui a aparência de um dito impessoal, fica subentendido que a citada eloquência refere-se ao escritor da oficialidade, suposto interlocutor do enunciado. Com isso, também nesses casos a elocução do poema apresenta uma perspectiva subjetivada, embora em grau distinto.

A mesma característica se repete no texto a seguir:

Autoepitáfio no. 2

para quem pediu sempre tão pouco
o nada é positivamente um exagero[15]

Nesse dístico, a impessoalidade dos dizeres serve para a autorreflexão do sujeito lírico e promove um verdadeiro paradoxo cognitivo ao concluir pelo exagero do nada. Há de se notar ainda a ênfase dos advérbios que reforçam o caráter contradito das duas frases. Diferentemente do "Epitáfio para Osman Lins", de fundo elegíaco, o "Autoepitáfio n. 2" mobiliza o tema da humildade e da ambição por via do sarcasmo consigo mesmo, a ponto de dar um nó no raciocínio lógico.

---

[14] PAES, José Paulo, op. cit., 2008, p. 191. Poema incluído no livro *Meia palavra* (1986).
[15] PAES, José Paulo, op. cit., 2008, p. 506. Poema incluído no livro *Socráticas* (2001).

Em todos os exemplos, a dinâmica poética enseja uma reflexão que se apresenta ao mesmo tempo decantada e de alto poder persuasivo. Comumente faz que a racionalidade da moral e dos bons consensos entre em colapso. Para alcançar tal efeito, no entanto, o autor utiliza certos procedimentos formais que merecem ser indagados e compreendidos. Tópico a ser tratado a seguir.

Se tivéssemos de selecionar uma característica geral para designar o estilo da verve epigramática de Paes, apontaríamos uma figura da retórica clássica, poucas vezes lembrada, mas que merece atenção desde a poética antiga: a braquilogia, termo oriundo do grego *brachus*, que significa "discurso breve", e *lógos*, que designa certo tipo de locução "obscura ou elíptica, marcada pela brevidade de expressão, deixando subentendido o sentido completo do enunciado".[16]

Diz-se que um texto apresenta braquilogia quando os elementos explícitos se reduzem ao essencial e, ainda assim, conseguem sugerir um significado mais amplo. Em razão de seu forte caráter associativo, é um recurso bastante utilizado na poesia moderna — mas raramente com a radicalidade de nosso autor, que explora diferentes graus de elipse, como foi visto nos textos anteriores.

Equivale a dizer — e recuperar o que foi dito antes — que a poética desse tipo engendra quase sempre o ocultamento de parte dos significados. Ocorre, então, um fenômeno curioso com a linguagem, que se mostra tal qual um *iceberg*, em que a base invisível aos olhos serve de apoio à face visível. Por causa disso, o mecanismo — subjetivo — da associação de imagens costuma predominar sobre o fluxo discursivo; vale mais a gramática das inesperadas conexões do que a sintaxe organizadora da frase.

É justamente essa dinâmica que se observa em muitos poemas do autor, de forte apelo racional e crítico-satírico. Neles, a expressão implica não apenas uma ideia de síntese como também conta com uma zona de obscuridade que atua em paralelo, conforme a definição do dicionário de Émile Littré para o termo "braquilogia": "vício de

---

[16] CEIA, Carlos. "Braquilogia". In: *E-dicionário de termos literários*. Lisboa: Faculdade de Ciências Sociais e Humanas, Universidade Nova de Lisboa, 2010. Disponível em: <http://www.edtl.com.pt/business-directory/6434/braquilogia>. Ver também: CÂMARA JR., Joaquim Mattoso. *Dicionário de fatos gramaticais*. Rio de Janeiro: Ministério da Educação e Cultura/Casa de Rui Barbosa, 1956, p. 48.

elocução, que consiste em uma brevidade excessiva, e levada longe para tornar o discurso obscuro".[17]

No caso, a palavra "obscuro" está aqui empregada não com o sentido relacionado à incompreensão, mas como referência a uma zona subentendida na expressão. A obscuridade dessa natureza — que se pode dizer poética — foi muito bem interpretada por Martin Heidegger ao analisar o pensamento de Heráclito de Éfeso, denominado O Obscuro, que ficou conhecido apenas por meio de fragmentos.

Segundo o filósofo alemão, o pensador pré-socrático representa, na verdade, o claro; argumenta ainda que "o clarear não é um simples iluminar e projetar luz sobre. Pelo fato de presença significar duração, saindo do velamento para o desvelamento, o clarear que desvela refere-se à presença do que apresenta".[18] Tal dialética se deve também ao fato de que "quanto mais conhecido se torna o cognoscível, tanto mais entranhável fica".[19] E conclui no fim do ensaio: "o brilho da clarificação é em si, ao mesmo tempo, o velar-se e neste sentido o mais obscuro".[20]

Com base nesse pressuposto ambivalente, pode-se deduzir que o uso da braquilogia nos textos de Paes contribui para deixar velada certa zona expressiva, fazendo sobressair o clarão das palavras evocadas. Ao mesmo tempo, esse poder concentrado do texto breve traz ao primeiro plano os recursos expressivos e chama a atenção para o discurso — ou seja, enfatiza "a presença do [meio] que apresenta", se retomarmos a expressão do pensador alemão.

Fica assim justificada a predominância da linguagem assindética nos epigramas do autor, compatível com o princípio redutor da braquilogia. Centrada mais no contraste de elementos ou de ideias do que na articulação racional e sintática da frase, essa estratégia envolve

---

[17] LITTRÉ, Émile. *Dictionnaire de la langue française*, t. 1. Paris: Machete, 1874, p. 403, tradução nossa. Ver também: DUPRIEZ, Bernard. *Gradus*: les procédés littéraires: dictionnaire. Paris: Union Génerale d'Éditions, 1980, p. 95.
[18] HEIDEGGER, Martin. "Heráclito, fragmento 50". In: SOUZA, José Cavalcante de (Org.). *Os pré-socráticos*: fragmentos, doxografia e comentários. São Paulo: Abril, 1978, p. 134. (Os pensadores).
[19] Ibid., p. 135.
[20] Ibid., p. 136.

um grau inevitável de obscuridade para que o poema funcione.[21] Estabelece-se, assim, uma dialética sutil: quanto mais estranho for o texto, mais amplo será o campo de seu significado.

O jogo associativo e assindético se mostra ainda mais radical em um grupo de escritos que utilizam os significantes para engendrar paradoxos de sentido, outra espécie de curto-circuito. A esse conjunto poderíamos dar o nome de epigramas semióticos, dada a atenção à materialidade gráfica (e sonora) dos versos. Sem hierarquia entre si, as dimensões semântica e semiótica da linguagem formam uma unidade que singulariza esses textos.

É quando o poder de síntese chega ao máximo e, inversamente, alarga o horizonte do tema tratado. Característica que pode ser observada nos poemas seguintes, recolhidos do livro *Anatomias*, de 1967:

Cronologia

A. C.
D. C.
W. C.[22]

O suicida ou Descartes às avessas

cógito
            ergo
pum![23]

Ou ainda em outros poemas da mesma obra ou de livros posteriores:

Exercício ortográfico

metafísica
metaphysica
metaphtysica[24]

---

[21] Ideia compartilhada por Roland Barthes: "Em geral, forma breve (curta) = uma súmula (elipse) mais ou menos obscurecedora". Cf. BARTHES, Roland. *A preparação do romance*: da vida à obra, v. I. Leyla Perrone-Moysés (Trad.). São Paulo: Martins Fontes, 2005, p. 169.
[22] PAES, José Paulo, op. cit., 2008, p. 177.
[23] Ibid., p. 181.
[24] Ibid., p. 161. Poema incluído no livro *Anatomias* (1967).

A evolução dos estilos

barroco
barrococo
rococó[25]

É interessante observar como esses epigramas semióticos, e outros que não foram citados, apresentam uma dinâmica idêntica quanto ao ritmo e à composição. Enquanto a primeira palavra — na verdade, o primeiro verso — instaura o tema e sugere o ritmo seco e pontuado, na segunda linha aparece outra palavra que confirma a anterior e lhe dá sequência, de modo a desdobrar o tópico inicial.

A ironia poética, porém, fica reservada para o impacto do terceiro verso — na verdade, a terceira palavra —, que sempre surpreende a sequência esperada, acabando por instaurar um sentido crítico ao nexo proposto. Fica a impressão de que os textos repetem uma mesma estrutura reflexiva, dividida em três tempos e configurada pela sobreposição de termos (braquilogia) e pelo ritmo sincopado do conjunto.

Cria-se então um efeito de comicidade rápido e certeiro. Por conta da surpresa final, os poemas expõem em um átimo o vazio de certas ideias e conceitos tidos como estabelecidos ou naturais. Mais do que isso, as premissas dos versos iniciais terminam exauridas de seu conteúdo original e histórico: a cronologia humana se completa no W.C., o cógito dispara um pum, a metafísica envelhece "tysica" e o barroco perde-se em rococó.

Adepto dos jogos verbais em geral, Paes pode ser considerado um mestre da verve espirituosa; exemplo ideal para estar associado ao conceito formulado por Henri Bergson em seu famoso livro dedicado ao riso. Ao tratar do efeito cômico desencadeado por palavras, o filósofo francês distingue alguns mecanismos que se encaixam perfeitamente no universo do autor brasileiro.[26]

---

[25] PAES, José Paulo, op. cit., 2008, p. 227. Poema incluído no livro *Resíduo* (1980).
[26] BERGSON, Henri. "Comicidade de situações e comicidade de palavras". In: *O riso*: ensaio sobre a significação do cômico. Nathanel C. Caixeiro (Trad.). Rio de Janeiro: Zahar, 1983, pp. 57-69. Nesse trecho, Bergson define a regra geral do riso: "obteremos um efeito cômico ao transpor a expressão natural de uma ideia para outra tonalidade". Cf. ibid., p. 66.

Em sua visão, a comicidade verbal costuma se dar seja por *automatismo* (inserir uma ideia absurda em um modelo consagrado de frase), seja por *interferência* (utilizar trocadilho), seja por *transposição* (usar a expressão natural de uma ideia para outra realidade).[27] Não é difícil identificar essas características nos poemas comentados.

Pois bem, a astúcia do poeta está justamente no fato de promover esses desarranjos cognitivos que instauram o corte ácido da ironia. Ironia tal que Bergson associa a um estado de "eloquência sob pressão",[28] expressão também adequada para aplicar aos poemas citados. Cada epigrama semiótico torce o pescoço para determinada eloquência, mostrando-a esvaziada de sentido ou deslocada; e, ao fazer isso de modo tão preciso, a excelência da síntese chama a atenção para a própria linguagem.

Em conjunto, compõem diante do leitor uma "unidade psíquica" irreverente e de acentuado tom agnóstico, na contramão das verdades pseudouniversais. Expressam também uma consciência posicionada e vacinada contra algumas simplificações neorromânticas e aporias das vanguardas; antes, prefere assumir a perspectiva humilde, mas de alto espírito socrático. Pois, dessa maneira, a poesia estará livre para visitar inesperadas conexões simbólicas; entre elas, a capacidade de emprestar um tom lúdico, irônico e sarcástico a um tipo de composição criado originalmente para abordar a gravidade da morte.

Pelas mãos de Paes, o epigrama serve para desarmar os altos saberes, como sugere este poema derradeiro:

Álibi

Se os poetas não cantassem
O que teriam os filósofos a explicar?[29]

---

[27] Não é difícil perceber a primeira característica em "Ocidental" ou o trocadilho de "O suicida ou Descartes às avessas", bem como a transposição do último verso de "Cronologia".
[28] BERGSON, Henri, op. cit., 1983, p. 68.
[29] PAES, José Paulo, op. cit., 2008, p. 311. Poema incluído no livro *A poesia está morta mas juro que não fui eu* (1988).

Vinicius de Moraes:
o menestrel brasileiro

"Virá o dia em que eu hei de ser [...]/ O eterno velho que nada é, nada vale, nada vive/ O velho cujo único valor é ser o cadáver de uma mocidade criadora".[1] Com esse tom de sarcasmo e ironia, Vinicius de Moraes escreveu o poema "Velhice", incluído em seu primeiro livro, publicado pouco antes de completar 20 anos, em 1933. Embora depois tenha renegado boa parte da produção poética desse período, sabemos hoje que, até a morte em 1980, sua figura esteve inspirada por um saudável espírito de jovialidade.

Vinicius, felizmente, não envelheceu na capacidade de sentir. Aos 8 anos começou a ensaiar os primeiros versos, cultivou quando jovem o gosto pela música e, mais tarde, descobriu a beleza feminina. Teve uma vida amorosa intensa e, nesse campo, em vez de reforçarmos o lado folclórico de fofocas que se espalham, o mais inteligente será compreendermos sua entrega à sensualidade como uma corajosa maneira de vivenciar a paixão pelo mundo. O poetinha, como era carinhosamente conhecido, adorava a bebida, a mulher, o mar — enaltecia-os comovidamente —; era nesse universo que sua vivência adquiria intensidade poética. Essa fina sensibilidade — no centro de uma vida bem vivida, mas também errante e cheia de enganos, maus versos e autocríticas — ele soube manter por todas as idades.

Como um autêntico discípulo de Dioniso dos nossos tempos, Vinicius nunca ostentou a maturidade sugerida pelo ofício de diplomata e pela formação ilustrada de classe média que recebera em família. Também não cultuou as regras do bom-mocismo, mesmo nas rodas literárias, tornando-se pouco habilitado para ostentar o fardão legitimador das letras. Se não era propriamente um tipo marginal, o certo é que preferia ficar à margem dessas "oficialices" dignas de um teatro de velhos adultos.

A poesia de Vinicius sempre se ergueu como um canto à emoção. Assemelhado à voz dos trovadores medievais, mas num

---

[1] MORAES, Vinicius de. *O caminho para a distância*. São Paulo: Companhia das Letras, 2013, p. 51.

tom moderno e bem brasileiro, dedicou-se a cantar o amor e o prazer. E, no meio desse torvelinho, também soube identificar o gosto ácido do sofrimento. Enfrentar a dor e a ausência era muitas vezes o caminho necessário para encarar as mais vivas sensações. Em consequência, sua visão do amor pouco tem de platônica e virginal. Passa, isso sim, pala carne e por uma feroz lucidez dos sentimentos.

Sua trajetória pode ser flagrada na *Nova antologia poética*, relançada pela Companhia das Letras em 2003, cuja organização fora revista pelo autor em 1967, em sua sexta edição. Nela, estão presentes alguns dos melhores e mais conhecidos poemas de Vinicius, fornecendo um bom panorama de seu percurso poético.

Como ele mesmo admite, no prefácio à obra, sua poesia divide-se em pelo menos duas fases nítidas. A primeira, marcada por um acento cristão e místico, compreende os três primeiros livros e se caracteriza por um verso notadamente elegíaco, em que o viés transcendental constitui a pedra de toque. Versos como "São horas, inclina o teu doloroso rosto sobre a velha paisagem quieta",[2] de "O bom ladrão", abundantes em adjetivos, procuram dar conta de uma experiência que o poeta acredita especial e única, por isso mesmo digna de ser transformada em "alta poesia". Logo, apresentando ressonâncias de um modo simbolista de ver o mundo, seus poemas dessa fase carregam nas hipérboles e distanciam-se das conquistas que o modernismo de 1922 havia instaurado na poesia brasileira — o coloquialismo, a ironia, o verso dissonante.

Foi com o lançamento de *Novos poemas* (1938)[3] que Mário de Andrade pôde lhe fazer uma sábia advertência. Num artigo — que depois recolheu no livro significativamente chamado *O empalhador de passarinho* (1944) —,[4] o mestre modernista, numa atitude amigável porém sincera, chamou a atenção do jovem escritor para a importância da nova fase que se lhe apontava: "o poeta ganhou em humanidade e em humildade o que perdeu em verdade

---

[2] Id., *Forma e exegese*. São Paulo: Companhia das Letras, 2013, p. 64.
[3] Id., *Novos poemas*. Rio de Janeiro: José Olympio, 1938.
[4] ANDRADE, Mário de. *O empalhador de passarinho*. São Paulo: Martins, 1944.

preconcebida".⁵ Tal observação mostrou-se certeira e definitiva. Vinicius, com esse livro, começara a aproximar-se do mundo material, para dele resgatar uma nova tensão poética. Abandonando o idealismo dos primeiros passos, descobriu a finitude e o cotidiano como campo de exploração para suas imagens.

Fundamental para essa mudança foi a amizade com Manuel Bandeira e Carlos Drummond de Andrade, que conhecera em 1936. A partir desse ano, até a publicação de *Cinco elegias* (1943),⁶ o poeta completaria uma profunda metamorfose em sua visão poética. Fixa-se então o Vinicius tal como o conhecemos hoje, do verso enamorado, porém bem construído, do olhar social movido pela solidariedade, do gozo da carne e do elogio à vida, apesar de tudo.

Movido por tal espírito de liberdade, pode parecer estranho que tenha sido ele nosso melhor sonetista moderno. Mas só à primeira vista. Na verdade, a atenção formal de seus versos atesta a consciência de um fazer poético em que o efeito rítmico torna-se fundamental. Mesmo a aproximação com a bossa nova e com os melhores compositores da MPB faz parte de um refinamento em que a autoexigência tornou-se cada vez maior, sem perder a comunicação direta com o leitor e o público. Quem não se lembra, por exemplo, do "Soneto de fidelidade" ou da letra de "Se todos fossem iguais a você"? Nessas duas formas tão distintas, repete-se o mesmo rigor.

Percorrendo o livro, é certo que se pode gostar mais de alguns poemas que de outros. A diversidade assumida pelo poeta ao longo de seu trabalho estimula o conflito de gostos e opiniões. Há de se lamentar ainda a ausência de alguns dos poemas infantis, uma vez que Vinicius foi um dos autores mais felizes no gênero. No entanto, trata--se sem dúvida de uma obra gratificante, para ser lida e vivida. Nessas páginas, a voz de Vinicius nos redime de um individualismo tão em voga nestes tempos de racionalismo estético embrutecedor. Sua dicção resgata um generoso pacto de existência com o próximo, seja

---

⁵ Ibid., p. 21.
⁶ MORAES, Vinicius de. *Cinco elegias*. Rio de Janeiro: Pongetti, 1943.

a mulher amada, seja o amigo, seja o operário em construção. Sua trova continua a tocar o coração do presente. Ou, para repetir as palavras de Mário, sua leitura ainda evoca uma lição de humanidade e humildade, sinal de grande poesia.

Rubens Rodrigues Torres Filho: versos de um trapezista

Abre-se um livro de poemas e lá estão as palavras em movimento. Há uma espécie de devaneio entregue às nossas mãos. Ato deliberado ou fronteiriço com o sonho, as imagens e os pensamentos fixados em versos investem-se de ritmo e de contorção de modo a sensibilizar os olhos de quem lê. Quebram-se as linhas, separam-se as estrofes, sílabas tônicas e átonas produzem ecos, pausas, e ao pé da página estendem-se as torções de uma serpente com a cabeça fixada ao título da primeira linha. Temos aí a poesia.

Será que temos?

Acreditar em tais generalidades, sem um pingo de descrédito, equivale a tomar as coisas todas por encantadas, em qualquer esquina sendo possível cumprir a liturgia da atenção miúda. Mas sabemos que não é bem assim. Por trás das ideias feitas, o que se esconde muitas vezes é a repetição de um hábito, passos que repisam o leito gasto de um caminho, sem o perceber. No campo da poesia não é diferente: os livros proliferam, a maioria dos poetas se converte em conversadores de salão, e os poemas, bem... quantos poemas se contorcionam por si mesmos, surrado *moto próprio*, e entregam-se a uma repetição no vazio.

É necessário, então, ler uma montanha de livros para ter a sorte de encontrar algo próximo à autêntica criação poética. Tantos são os clichês e os valores prévios em circulação que é difícil descer ao branco da página para o encontro sensível e plástico de frases em andamento. Ao mesmo tempo, é esse o melhor desafio que recompensa o leitor interessado. Entregues a um virar de página, somos surpreendidos por um pensamento forte, uma imagem que sobressalta e ganha forma aérea. O olho se curva para uma espécie de compenetração interna: ali temos a poesia.

Sem dúvida, o livro de Rubens Rodrigues Torres Filho se oferece como um campo privilegiado para o jogo de atenção poética. Mas, alertemos desde já, sua poesia não compõe uma paisagem regular à qual o olhar se acomoda na expectativa de uma harmonia repousante. Saltos e desvios por ângulos agudos são uma constante de suas páginas. Estamos diante de um poeta vigoroso em que se revela, desde a primeira vista, uma astuta capacidade de ganhar distância em relação às dobras do mundo. Como? Podemos responder com os versos de "poema sem nome":

> Em nome do poema
> estar aqui e rir. Ser pequeno,
> andar aceso: por qual vão
> se consumir?
> Prezado rio das coisas,
> qual dos dois: fluir, florir?
> [...]
> Nem sei se o banal espreita
> com malícia, devagar.
> [...][1]

São duas as perguntas colocadas nessas poucas linhas. Sabe o poeta que, para incandescer a língua, é importante escolher o vão certo por onde correr o poema, voltado para o riso ou para o toque lírico. Escreve, pois, uma peça que interroga a si mesma. Mas, vale a pena alertar, não observemos nesse ato uma vocação narcísica para a metalinguagem. Ao contrário, aqui a dúvida se enuncia por força de um rigor que não se deixa baratear. Ao enunciar o dilema, o autor zela por um sentido de integridade que também questiona o lugar do poema diante da circunstância ("Nem sei se o banal espreita/ com malícia, devagar"), como que fazendo um prévio acerto de contas. O sujeito entrega-se ao curso das imagens com a liberdade de quem acolhe vislumbres de origem.

Obstinado leitor e tradutor dos românticos alemães, talvez o que mais atemorize Rubens seja justamente resvalar por um romantismo lasso e repisado. Nada pior do que sentir ou ver em falso, ele nos sugere. Contra essa possibilidade, aciona muitas vezes uma lâmina de afiada ironia, corroendo internamente qualquer chance de

---

[1] TORRES FILHO, Rubens Rodrigues Torres. *Novolume*: 5 livros de poesia, poemas novos, inéditos, avulsos e traduções. São Paulo: Iluminuras, 1997, p. 53.

identificação fácil ou equivocada. Outras vezes, mobiliza a concisão lírica, em versos cuja potência se funda menos pela estranheza do imaginário do que pelo efeito sutil de um olhar que sobrevoa a cena escolhida e recolhe um rol de notícias subjetivas: "teu nome gravado nas laranjas",[2] no poema "por exemplo", "[...] a água/ lavando a chuva por dentro",[3] no poema "sol e chuva", e assim por diante.

Digamos então: o poeta pensa, entrega-se à sinuosidade do pensamento como maneira voluntária para se pôr rente ao "rio das coisas". Ideia suspensa num fio de voz, o poema conta com essa luz para cumprir a sina da expressão. Há algo a ser dito, um pressentimento cresce, inquieta e insiste em ganhar forma no espaço, que é a maneira direta de se transformar em comentário do mundo. Aliás, na poesia de Rubens, o intuito de comentário chega mesmo a ser uma constante, enveredando por soluções as mais inesperadas.

Seja no momento da fulguração lírica, presente em maior grau nos livros *Investigação do olhar* (1963)[4] e *O voo circunflexo* (1981),[5] seja na suspensão reflexiva, enfatizada pelo uso recorrente de adjetivos, a linguagem se põe em estado de atenção porque "No colo das estrelas/ um paradoxo sorridente hesita",[6] como mostra o poema "retícula". Se assim é, ao poeta cabe aplicar ao repertório das coisas e das situações uma palavra modulada por certo esclarecimento. Este, por sua vez, para que engendre a função reveladora da poesia, deve escapar à racionalidade social e aos achados do sentimentalismo de praxe. O desafio que conta está em entregar-se a um arriscado e primordial fluxo de visões. É quando o lume de Rubens nos toca de pronto: ao pensar com rigor, ele recupera a substância imediata do sentimento (invertendo a máxima cartesiana da segunda meditação) e funda no poema um percurso em que argumento e imagem se entrelaçam.

Nosso poeta ganha ares de trapezista, então. Atento para comentar os acidentes dos dias ou para lidar com a matéria autobiográfica,

[2] Ibid., p. 105.
[3] Ibid., p. 112.
[4] TORRES FILHO, Rubens Rodrigues. *Investigação do olhar*. São Paulo: Massao Ohno, 1963.
[5] Id., *O voo circunflexo*. São Paulo: Massao Ohno/Roswitha Kempf, 1981.
[6] TORRES FILHO, Rubens Rodrigues, op. cit., 1997, p. 44.

atraído pela particularidade dos objetos ou pela música dos nomes, ele, de fato, "pede licença para ser pássaro",[7] no poema "licença poética", e termina por empreender um voo de resultado circunflexo. Em pleno salto, em "arte poética (sic)", entrega-se a desvios que amplificam e carregam de sutileza a ressonância do poema: "a curta canção que nasce.../ Tem firmezas de arremesso/ e desesperos de gala".[8] Dono de uma extraordinária intimidade com as palavras, entrega-se a volteios, giros e torções de sintaxe correspondentes a um desregramento não só dos sentidos (na acepção de Arthur Rimbaud) como, sobretudo, dos significados que precipitam a investigação do olhar. Transformado em sinal, o raciocínio se transmuda em poesia e o poema se desdobra em fragmento de linguagem e de experiência, como acontece em "plano-sequência":

> [...] A presença se adensa. Pérolas, voos de pássaro sem pássaro, pouso de plumas, diretamente, no mesmo ar. Laços, pequenas liberdades, abstratas no espaço disponível. Cena, cena. Dedos articulando solidões e seus espaços. Refinada química dos afetos, cristalizações de um fluxo sem nome. Imagens. Intensidades mentais. [...][9]

Por certo, o convívio com as questões filosóficas e a leitura intensiva de poetas clássicos e modernos contribuem (e muito) para o desempenho refinado das pequenas liberdades. Frequentemente deparamos em seus textos com um diálogo, explícito ou implícito, em relação a outros autores ou temas da cultura. No entanto, para surpresa dos cotejadores, não se pode prever seu efeito: ora o dado intelectual serve de ponto de partida e de fato conforma e contamina o poema em questão (como se vê em "matissemorfose", por exemplo), ora se torna alavanca para um giro às avessas, deixando a nu a impropriedade dos intelectualismos (como no caso de "o xis da dêixis"). À luz da poesia, o saber universitário não basta por si só, nem se presta a ser condimento de uma profética explicação dos acontecimentos; posto à prova da necessidade poética, pode surpreender e

---

[7] Ibid., p. 112.
[8] Ibid., p. 124.
[9] Ibid., p. 81.

até mesmo dar uma cambalhota chegando ao grau zero do pastiche em "notas de viagem": "Paciência e esperança. Os grandes temas. Nossos clássicos".[10]

Do mesmo modo, também o jogo amoroso se multiplica em lances imprevisíveis. Tema privilegiado para os saltos arriscados, merece do poeta uma atenção nos detalhes, podendo colher da presença alheia um fragmento de elegia ou o registro prosaico do cotidiano. Se em *Investigação do olhar* ainda guardava resquícios de um lirismo epifânico, visivelmente embebido em surrealismo, nos livros subsequentes sucedeu um longo percurso a fim de reter da experiência dos afetos uma corporeidade crua e fugidia. Paralelamente, a cena erótica ganhou em ênfase. As situações do corpo a corpo podem tanto ser captadas na forma imediata do tesão como pelos sinais de maravilhoso que cintilam com a carne.

Como num trapézio, a oscilação entre o alto e o baixo fecha um círculo envolvendo tensão e vertigem. Vamos ao circo e sentimos o frenesi, a arte do trapezista se desenha no intervalo. Sabendo disso, Rubens soube renunciar conscientemente à possibilidade de uma poética monotonamente elevada. Conseguiu também escapar à armadilha que o emblema de poeta lhe preparava. Bem formado, empregado na universidade, poderia ter-se entronizado como douto *verse-maker*. Mas quem o conhece de perto sabe que esse tipo de carteirinha não lhe traria qualquer satisfação. Coerente, fascinado pelo arremesso, optou por colocar o rosto no mundo e contaminar-se dos rumores, sem prévias explicações.

Estamos diante de uma poesia exigente que, sem renegar sua formação, busca a inteligência poética para "enfeitiçar o acaso".

Aos leitores, a parte que lhes cabe: pôr o olho nos poemas e saltar da solidão—

— e o trapezista não terá pensado em vão.

---

[10] Ibid., p. 59.

Georges Bataille:
explosão em silêncio[1]

Estranha poesia essa de Georges Bataille, em que o único ponto de sustentação das palavras parece ser a instabilidade.[2] Estranhos poemas esses, que se propõem como o grito mudo de um sujeito em desesperada travessia da noite sem acalentar qualquer esperança de despertar. Estranha eloquência a desse eu lírico que se apaga em cada verso, condenando seu próprio enunciado ao mais profundo silêncio. Aliás, é em torno do silêncio que essa poesia gravita o tempo todo, como que buscando avizinhar-se da morte.

A palavra "silêncio", diz Bataille, carrega em si um paradoxo. O que ela diz nomear não se deixa capturar por nenhum nome; o que promete designar não pode jamais ser designado. Trata-se de um significante que, no limite, burla seu próprio significado, uma vez que toda palavra implica, por princípio, um ruído a desmentir o silêncio. Assim como acontece com a palavra "nada" — cuja menção, por si só, trai a pretensão de convocar o vazio que jaz em seu horizonte —, a simples nomeação do silêncio supõe o anúncio de seu próprio fracasso.

Em *A experiência interior*, Bataille se abandona a essa reflexão para concluir que o *silêncio*, "entre todas as palavras, é a mais perversa, ou a mais poética: ela é a própria garantia de sua morte".[3] Daí que ela se apresente na qualidade de uma palavra escorregadia, que se desvia dos sentidos habituais para abrir caminhos rumo à interioridade do sujeito. Explica o autor:

> quando um perfume de flor está carregado de reminiscências, nós nos demoramos ao exalar essa flor, a examiná-la, na angústia do segredo que sua doçura está prestes a nos oferecer: esse segredo nada mais é que presença interior, silenciosa, insondável e nua, que uma atenção constante às palavras (aos objetos) nos furta.[4]

---

[1] Este texto foi escrito em coautoria com Eliane Robert Moraes, professora de Literatura Brasileira na Faculdade de Filosofia, Letras e Ciências Humanas da Universidade de São Paulo (FFLCH-USP).
[2] BATAILLE, Georges. *Poemas*. Alexandre Rodrigues da Costa e Vera Casa Nova (Trads.). Belo Horizonte: Editora UFMG, 2015.
[3] Id., *A experiência interior*. São Paulo: Ática, 1992, p. 24.
[4] Ibid., p. 25.

Ora, o silêncio designaria justamente esse momento de suspensão em que a intensidade da experiência íntima se impõe ao verbo e, por isso mesmo, constitui seu paradoxo: "o silêncio é uma palavra que não é palavra, e o sopro de um objeto que não é um objeto[5].

Talvez se possa afirmar que esse paradoxo está no centro da poesia de Bataille. Basta abrir a seção do livro *O Arcangélico* ao acaso e ler alguns de seus poemas para comprová-lo, tal como provam os versos que se seguem:

> o nada não é mais que em mim eu mesmo
> o universo não é mais que minha tumba
> o sol não é mais que minha morte[6]

Ou ainda:

> estou morto
> e os lírios
> evaporam a água destilada
>
> as palavras fracassam
>
> e eu fracasso por fim.[7]

Os exemplos abundam. Tudo exala um espírito paradoxal nessa poesia que parece se desmentir a cada linha, como se as palavras ali tivessem a função irrevogável de negar a si mesmas. Como que confirmando esse traço central de sua lírica, Bataille lembra que:

> ainda que as palavras drenem em nós quase toda a vida — cujos raminhos, sem exceção, parecem ter sido apreendidos, arrastados, juntados por uma multidão de formigas (as palavras) que não conhecem descanso —, subsiste em nós uma parte muda, esquiva, inapreensível. Na região das palavras, do discurso, essa parte é ignorada. Por isso, ela geralmente nos escapa.[8]

---

[5] BATAILLE, Georges, op. cit., 2015, p. 292.
[6] Ibid., p. 51.
[7] Ibid., p. 263.
[8] BATAILLE, Georges, op. cit., 1992, p. 67.

Eis aí uma chave para compreender a singularidade da poética batailliana: o que ela pretende tocar parece ser justamente essa região secreta da qual emana uma espécie de silêncio intenso e introspectivo. Projeto arriscado, sem dúvida, e igualmente paradoxal, uma vez que se propõe a ultrapassar o domínio verbal por meio do próprio verbo. Para realizá-lo, o autor se entrega a uma concepção muito particular, sintetizada num verso tão cortante quanto categórico: "Eu me aproximo da poesia: mas para perdê-la".[9]

Trata-se, pois, de conceber a poesia como perda, o que coloca esses poemas em plena sintonia com a extensa obra de um pensador que se devotou, como nenhum outro, a uma densa reflexão sobre as figuras da perda, tais como o dom, o êxtase e a dilapidação. Escrita em distintos momentos da vida do autor, mais exatamente entre o início da década de 1940 e o final dos anos 1950, a produção que compõe *O Arcangélico* resume, à sua maneira, as grandes inquietações de Bataille. Mais que isso, porém, o que ela realmente faz é dramatizar essas inquietações no próprio ato da linguagem.

Por tal razão, mais ainda que o ensaio e a ficção, essa poesia pode ser vista como a expressão por excelência da perda, realizando aquela "despesa simbólica" sobre a qual discorrem as notáveis páginas de *La notion de dépense* (1933). Não por acaso, Bataille afirma nesse ensaio seminal que:

> a noção de poesia, que se aplica às formas menos degradadas, menos intelectualizadas da expressão de um estado de perda, pode ser considerada sinônimo de despesa: significa, com efeito, de modo mais preciso, criação por meio da perda. Seu sentido é, portanto, vizinho àquele do *sacrifício*.[10]

Com efeito, tal qual um gesto de pura perda, cada poema parece evocar um rito sacrificial em que um sujeito nu, desprovido de tudo, encena sua própria ruína. A começar pelo texto que abre o volume e que está entre os mais angustiados do autor: no inquietante "O túmulo", o léxico sombrio se impõe à voz lírica para dramatizar o

---

[9] BATAILLE, Georges, op. cit., 2015, p. 325.
[10] BATAILLE, Georges. *"La notion de dépense"*. In: *Oeuvres complètes*: premiers écrits, 1922-1940, t. I. Paris: Gallimard, 1970, p. 307, tradução nossa.

movimento de uma "imensidade" cósmica que desaba sobre um "eu" trágico, perdido no caos do universo. Não há verdade que se sustente ao longo dessa *performance* verbal, que, não raro, se vale de imagens extremas:

> minha cabeça doce
> que esgota a febre
> é o suicida da verdade
>
> [...]
>
> o amor é paródia do não amor
> a verdade é paródia da mentira
> o universo um alegre suicídio[11]

Sem pretender qualquer verossimilhança, o mundo das palavras se livra a si mesmo, entrega-se ao insustentável da existência, à irrealidade, tal qual uma sombra declinada sobre o mundo. Por causa disso, "O túmulo" está entre os poemas que melhor realizam o intento batailliano de fuga da linguagem na desvairada tentativa de falar além do logos. Em vez de acumular sentido linearmente, cada verso parece trabalhar para instaurar aquele silêncio introspectivo que aponta para a implosão dos sentidos correntes.

O sacrifício manifesta-se, portanto, no plano da expressão e ao mesmo tempo na subjetividade que explode entre forças absolutas. Para conseguir tal efeito, o rito promovido pela poética de Bataille mantém como força centrífuga a figura onipresente do "eu", tão amplamente explorada. Diante de nossos olhos de leitor, o sacrifício do eu traduz um "desespero a equilibrar-se apenas no ponto do próprio paradoxo",[12] conforme a máxima criada por Adorno.

Por meio de golpes sucessivos, o desespero se desentranha da teia de paradoxos. No decorrer da leitura, testemunha-se o desfile dilacerado de uma subjetividade dispersa entre sensações e visões

---

[11] BATAILLE, Georges, op. cit., 2015, p. 323.
[12] ADORNO, Theodor. "Lírica e sociedade". In: BENJAMIN, Walter et al. *Textos escolhidos [de Benjamin, Horkheimer, Adorno e Habermas]*. Paulo Eduardo Arantes (Org.). José Lino Grünnewald et al. (Trads.). São Paulo: Abril, 1975, p. 207. (Os pensadores).

múltiplas. No entanto, como essas percepções beiram o absoluto, elas se descolam do sujeito para assumir uma dicção grandiloquente, impessoal e autônoma. O sacrifício do indivíduo, por via avessa, serve então como testemunho do incessante trabalho do mal. Em verdade, o sujeito atua paradoxalmente como "*persona* coletiva".

E ele mesmo o confidencia:

> Abro em mim mesmo um teatro
> onde se encena um falso sono
> uma montagem sem objeto
>
> sem esperança
> a morte
> a vela apagada.[13]

Ora, uma montagem sem objeto e sem esperança supõe necessariamente diálogo com a morte, entendida como manifestação maiúscula que atinge a cada um e a todos. Mas o que se vê aí é uma mortandade em sacrifício lento, intensificada por imagens diaceradas e persistentes. Estas compõem um personagem que parte da negatividade máxima e procura fixar no espaço imaginário da morte um campo próximo da antipoesia, com propriedades similares à antimatéria.

Nada que lembre, portanto, uma poesia bem-acabada e harmonizada no ritmo. Ao contrário, seu traço inusitado transparece por meio de uma tessitura renitente e acumulativa de sensações. As imagens insistem numa enumeração que mais se aproxima da tonalidade de manifesto subjetivo, levado a descomprimir conteúdos ansiosos. Quanto mais paradoxal é o pensamento, mais resulta num tom afirmativo e agônico.

Daí configurar uma poesia intensa e estranha, muito estranha. Nela, fica registrada uma espécie de síntese dramática que diz respeito a um sujeito que vivencia uma radicalidade semelhante àquela tratada em seus livros de teor filosófico. A seu modo, teatraliza o impasse de quem deseja alcançar o absoluto, mas se vê reduzido a uma densa camada de silêncio. Não há como fugir ao paradoxo. *O Arcangélico*, afinal, traz à luz uma experiência interior que ultrapassa limites.

---

[13] BATAILLE, Georges, op. cit., 2015, p. 319.

François Cheng: encontro de duas tradições

Atenção às coisas. Costuma ser essa a máxima de François Cheng, importante poeta contemporâneo radicado na França. Graças à dedicação do tradutor Bruno Palma, três das coletâneas desse autor sino-francês estão agora reunidas no livro *Duplo canto e outros poemas*.[1] É de louvar a iniciativa, tanto pela excelência da edição como pela pertinência de suas proposições poéticas, num ambiente em que predomina certa anomia de valores estéticos.

Cheng é dono de uma singular voz poética que alia as peculiaridades da lírica oriental — sobre a qual se tornou especialista — a uma sensibilidade pessoal e cultivada, de quem cresceu em ambiente europeu; vivencia, portanto, uma situação de ponte entre as duas culturas. O reconhecimento de sua trajetória veio em 2002, ao ser eleito para a Academia Francesa, depois de uma carreira de acumulados méritos intelectuais.

Como ensaísta, escreveu diversos livros sobre arte e poética chinesa, mas também sobre temas relacionados à filosofia, como se deu em *Cinco meditações sobre a beleza* (2006), que teve amplo sucesso. Em paralelo, realizou a tradução de poetas franceses para a língua de seu país de origem, e vice-versa, além de ter publicado dois romances. O centro de sua obra, contudo, está em seus inúmeros livros de poesia, influenciada igualmente pelas duas margens de sua formação.

Poeta especial que é (até pelo fato de ter-se convertido ao catolicismo), Cheng aposta numa atenção sensível para com as coisas. Que coisas? Qualquer uma que se apresente aos olhos — um pássaro, um rosto ou um rio que corre — e traga consigo o estímulo de um pensamento encantado, imagem que puxa o fio de um verso e assim por diante. Muitos de seus poemas recorrem a certos referenciais da realidade, mas para tirar deles um rol de metáforas que alarga o sentido de maneira delicada e por vezes inusitada.

---

[1] CHENG, François. *Duplo canto e outros poemas*. Cotia: Ateliê, 2011.

É o que se encontra já no primeiro livro que dá título à trilogia: *Duplo canto* (1998). Foi consagrado com o Prêmio Roger Caillois e constitui uma perfeita iniciação à poética do autor. Em torno às imagens matrizes da Pedra e da Árvore transcorre uma série de poemas em que se desdobram associações e ensinamentos que o poeta recolhe, orientado por um princípio de "diálogo com os elementos", conforme sugere o título de uma seção do livro.

A primeira parte — sob o título "Um dia, as pedras" — apresenta um rol de textos gerados pela ideia de rochedo, mas que na verdade acolhem imagens de tal ordem que a matéria inorgânica passa a espelhar as qualidades afetivas e oníricas que habitam a consciência humana. Dizendo de outro modo, as pedras tanto servem de espelho ao poeta como assumem o papel de contraponto e resistência, apresentando-se em modulações:

> Bloco intransigente
> Mesmo reduzido a migalhas
> Somos a vida inteira
>
> Sob o ignóbil martelo
> Cada estilha alcança todos os gritos
> Cada lasca
>
> Clama a inocência nua[2]

Há muito a dizer e perceber, portanto, no espaço das pequenas coisas ou mesmo nos detalhes das que são grandes — onde afinal se escondem as epifanias dignas de serem cantadas. As pedras, por exemplo, ensinam-nos a conviver com o silêncio, conduzem-nos a não ter medo do cordão mudo que nos envolve: "Voa pro infinito aberto/ no interior de ti mesmo".[3]

Na parte seguinte — com o sugestivo título de "A árvore em nós falou" —, transcorre um procedimento semelhante, resultando em uma verdadeira fenomenologia poética sobre a natureza cósmica da árvore. As imagens, marcadas pelo espírito de síntese próprio da

---

[2] Ibid., p. 79.
[3] Ibid., p. 93.

poesia oriental, configuram diversas circunstâncias e pensamentos que acabam por humanizar a matéria observada. Certos poemas emprestam voz ao pássaro e aos frutos, com o intuito de capturar toda a trama envolvida com aquela imagem matriz.

Resulta, portanto, um conjunto em que o canto se realiza por via do minimalismo poético; poemas de poucos versos, mas que ao mesmo tempo valorizam cada uma das pausas e espacializações, além de reforçar a cadência e o contraste entre vogais e consoantes. Quanto às imagens, evocam quase sempre o meio da natureza, em suas múltiplas e contraditórias aparições. Em simultâneo, registram um olhar humano, afeito a sensações e identificado com aqueles elementos. Cada poema se oferece como fruto de uma profunda meditação.

Além disso, a articulação entre as peças acaba por criar uma atmosfera comum aos textos. Pode-se mesmo dizer que o poeta dança com os elementos naturais. Capaz de dar dobras aos pensamentos e ainda assim preservar o sentido de uma unidade maior:

> Rochedo propulsando árvore
> Árvore aspirando rochedo
> Círculo assentado reatando
> A aliança entre terra e céu.[4]

Não é muito diferente a experiência fixada no livro seguinte: *Cantos toscanos* (1999). Expressa desde o título o tom e o *locus* inspirador dessa sequência de poemas altamente tocantes e em diálogo fecundo com a Itália e sua riqueza humana e cultural, da qual Cheng se tornou admirador. Ao mesmo tempo, essa obra se propõe a tomar a terra como elemento gerador de imagens, entendida como um espaço de coabitação entre impulsos diversos. Da terra se produzem as ruínas e os jardins.

Deparamos então com uma série de textos curtos formados todos por uma estrofe de seis versos, complementada por uma linha final, em separado. A regularidade formal, contudo, não altera o propósito e o efeito de encantamento, flagrados por um olhar que observa e

[4] Ibid., p. 53.

descobre, que se espanta e se enternece. É quando a observação do espaço ganha em qualidade afetiva e consegue se formular em figuras:

> A redondez da colina
> — um instante de repouso
> dos remoinhos telúricos —
> Eis o outeiro do Desejo,
> Que os raios do sol poente
> Afloram, logo mudados
>
> No longo pesar da bruma.[5]

É curioso observar como a paisagem campestre ressoa imagens consoantes a um círculo de subjetividade que se explicita a partir de fora, de maneira indireta. Por meio do uso rigoroso das metáforas, o poeta em verdade acaba por flagrar a simbiose entre o que está dentro e fora, no alto e no baixo, no objetivo e no subjetivo. Por força e agudeza do olhar, os antagonismos se entregam a um mesmo fluxo.

A seu modo, Cheng realiza com sua poesia aquilo que constatou na pintura chinesa antiga. Ao escrever a respeito, ele a define como concebida essencialmente com base na exploração das dicotomias visuais — vazio/cheio, alto/baixo, claro/escuro, forte/fraco etc. —, mas com a expectativa de, no entremeio das forças, estabelecer-se o chamado Sopro,[6] valorizando os tons intermediários e os detalhes de luz.

O Sopro, segundo essa concepção, manifesta-se por meio da singularidade do Traço, conduzido pela mão a capturar um registro único e múltiplo. Diz Cheng: "[O Traço] contém o ritmo e as pulsões secretas do homem".[7] Pois bem, transpostos da pintura para a poesia, tais conceitos permanecem válidos e servem mesmo de chave de leitura. Nos versos de Cheng, o Sopro transparece no ritmo das frases e o Traço mostra-se configurado na imagem que dele resulta.

---

[5] Ibid., p. 56.
[6] "A falta de Sopro é a definição por excelência da pintura medíocre. A noção de *yin-yang* é correlativa à do Sopro, e encarna as leis dinâmicas que regem todas as coisas." Cf. CHENG, François. "El vacío y la plenitud". *El Passeante*, Madri, n. 20-22, 1993, pp. 62-80, tradução nossa. Referência do texto original: CHENG, François. *Vide e plein*: le language pictural chinois. Paris: Seuil, 1991.
[7] CHENG, François, op. cit., 2011, p. 64.

Exemplo disso se encontra no modo como muitos dos versos do livro se apropriam do espaço ou a ele se referem — com leveza e tato, de maneira cortante ou impiedosa. A dimensão espacial funciona como se fosse uma tela em que se inscrevem os pensamentos e as imagens do poeta: de um lado, acenam com a atmosfera da Toscana e seus ares tão marcados pela presença/ausência de luz, aura do lugar; de outro, com a visão subjetiva daquele que articula uma percepção atenta às coisas presentes.

Em sentido amplo, as imagens de Cheng — sobretudo nos dois livros iniciais — desenvolvem uma poética do olhar. Continuamente o poeta se interroga sobre o espaço e a resultante de sua afinidade com aquilo:

> O infinito não é
> Senão o vai e vem
> entre o que se oferece
> E o que a si se procura.[8]

Tem ele consciência, pois, que mesmo uma paisagem está ali para ser preenchida por conteúdos humanos.

Já o livro último da trilogia traduzida volta-se para um tema a um só tempo complementar e diferente: *Ao longo dum amor* (2003). Pois também no movimento amoroso ocorre de haver o postulado de quem sente e se relaciona com o outro — as coisas em segundo plano. Diálogo ainda mais sinuoso e pleno de sentidos, portanto, que a sensibilidade de Cheng leva ao ponto máximo do lirismo.

Entra em jogo uma dualidade de margens que desejam misturar suas águas — mas nem sempre obtendo sucesso na empreitada. O amor, afinal, está sempre na corda bamba:

> Perto demais
> arde a chama
> Longe demais
> foge a nuvem[9]

---

[8] Ibid., p. 293.
[9] Ibid., p. 293.

Sobressai, contudo, a carga simbólica comum aos dois seres. Enredados no encanto mútuo, todos os gestos ganham ressonância e significação.

Deparamos, então, com o universo de 46 poemas em formatos múltiplos, que pontuam flagrantes do relacionamento, entendido da óptica de uma espiritualidade comum. A percepção amorosa resulta não de um estado pleno de sentimento, perdurável no tempo, mas de uma atenção minuciosa aos pequenos gestos e sinais. Ao modo de um sopro, o amor deixa traços de passagem a serem interpretados.

Por causa disso, este conjunto se diferencia dos anteriores por investir principalmente num contraponto afetivo a ser desfrutado e decifrado:

> Somos clausura e finitude
>
> Contudo é entre nós
> Que sem fim brotará
> O que a vida deseja
>   de mais vasto
>   de mais alto
> de indefinidamente transmutável
>
> Amar é estar
>   adiante de si
> Amar é dizer
>   "Tu não morrerás"[10]

Dessa maneira, a comunhão amorosa enlaça os amantes e multiplica suas possibilidades, a ponto de atrair duas pessoas para uma terceira margem — desconhecida e misteriosa. A finitude do mundo, da qual não conseguimos escapar, acena para as coisas presentes, precárias, mas ao mesmo tempo abre horizonte para o desejo maior e transcendente.

Cheng sabe disso e consegue elaborar poemas que relevam algum detalhe ou percepção e deles extrai um sentido profundo a ser compartilhado. Instigado pelo visível, o poeta indaga-se pelo que está

---

[10] Ibid., p. 367.

sugerido e oculto. Sem bem saber como, ama e é amado. Vive em estado de suspensão da identidade conhecida. Ao longo de um amor, os seres afinal se depuram e se transformam. Renovam as energias e as vontades.

Curiosamente, em *Ao longo dum amor* transparece a dupla identidade do poeta, soma de suas águas: de um lado, a concisão e a assertividade de poemas que lembram a formação oriental do autor; de outro, o imaginário associado ao estado amoroso, que revela clara influência da cultura de raiz cristã. Isso está presente, por exemplo, numa reiterada ideia de amor como sentimento ligado ao conceito de absoluto.

Boa parte dos poemas volta-se para registrar epifanias, desconsolos ou enigmas, cuja medida ideal está dada pela completa (e impossível) integração (e supressão) das individualidades. É de notar ainda que o poeta, ao tratar do amor, não aceite a precariedade e provisoriedade — ao contrário do que nos faz ver e aceitar quando trata dos elementos naturais.

Depois de maturação longa, o sentimento amoroso resulta em simbiose final, registrada no último texto:

> Se o quer teu sopro
> seremos canto
> Raízes enleadas
> ramos enlaçados
> Todas as vozes única via
> Todos os ecos única vaga[11]

Ao flagrar o movimento amoroso associado a um jogo entre o absoluto e a queda, não deixa de haver aí também um retorno às noções correlatas de vazio/pleno, claro/escuro etc.

Cabe ao olhar humano escolher o caminho entre as dualidades... Lição que sintetiza a leitura dos três livros, aqui comentados. Portanto, em *Duplo canto e outros poemas*, deparamos com uma poética diferenciada — seja pelo viés orientalista de suas imagens, seja pela escrita voltada para os valores essenciais. Os poemas reunidos no

[11] Ibid., p. 417.

livro transmitem uma voz posicionada, forjada no interior de uma visão de mundo que, antes de se transformar em verso, passa por recolhimento e meditação. Traz à tona apenas os dizeres que o tempo deixa sedimentado. Em perfeita coerência com a trajetória de seu autor, aliás.

Cheng construiu ao longo de sua vida uma carreira intelectual coerente e marcada pela procura de contínuo aprimoramento pessoal e estético. Teve uma existência, aliás, plena de desafios. Superou as dificuldades de imigrante sem dinheiro quando chegou a Paris em 1948, declinou do desejo de voltar a seu país de origem, por causa da perseguição aos intelectuais promovida pela Revolução Cultural. Enfrentou inúmeras adversidades, mas conseguiu dedicar-se aos estudos na Sorbonne, defendeu tese de doutorado, elogiada por Barthes e Lacan, converteu-se ao catolicismo e retornou à China apenas 33 anos depois de sua partida.

Hoje é um escritor reconhecido por sua contribuição ao diálogo de culturas tão diferentes e por ser criador de uma lírica de alta originalidade. Sua poética aposta na contramão do experimentalismo ou do *nonsense*, tão disseminados em nossa época, e promove uma revisitação aos modelos da tradição, mas transmudados para uma sensibilidade que vive em nossos dias. Em comum com os poetas da Antiguidade, a observação atenta da natureza em suas múltiplas manifestações e metáforas. Uma vez mais, a atenção às coisas. Pedras, árvores, terras da Toscana... E a convivência com a amada.

Que a poesia de François Cheng aconteça, sob os olhos do leitor, pura como a água.

Radovan Ivšić: poesia que sonha

Nascido em 1921 na cidade de Zagreb — hoje capital da Croácia —, Radovan Ivšić teve, aos 21 anos, durante a Segunda Guerra Mundial, seu primeiro livro de poemas interditado pelo governo de ocupação alemã, que o classificava como arte degenerada. Por causa de suas peças de teatro, o jovem poeta também sofreu coação das autoridades nazifascistas; anos depois, com o advento do regime titoísta na então Iugoslávia, a situação só veio a piorar. Apenas a arte dita socialista era valorizada, e as criações de nosso autor tiveram um exílio forçado dos palcos que durou mais de trinta anos.

Para sobreviver, Radovan dedicou-se à tradução e tornou-se poliglota. Sua vida mudou efetivamente em 1954, quando conseguiu transferir-se para Paris, onde estabeleceu contato com André Breton e Benjamin Péret. Por meio deles, passou a integrar o grupo surrealista remanescente, que ainda mantinha encontros habituais no café Côte-d'Or, na rue Vivienne. Ali veio a conhecer a futura e constante companheira, Annie Le Brun. A partir da década seguinte, teve poemas ilustrados por Joan Miró e Toyen — pseudônimo de Marie Čermínová —, em tiragens limitadas e sem comercialização.

Decorrido algum tempo, seus textos poéticos e teatrais voltaram a circular na terra de origem e passaram a inspirar novas gerações. Depois da Queda do Muro de Berlim, a demanda crescente por eles suscitou afinal a publicação de toda a sua obra literária e dramática em língua croata. Hoje é considerado um dos expoentes máximos do modernismo daquele país.

Quer isso dizer, então, que nosso autor era de nacionalidade croata e de filiação surrealista? A resposta necessariamente tem de ser dúbia: sim e não. De um lado, é inegável que a experiência de ter nascido e crescido na região croata marcou toda a sua vida e fincou em sua personalidade uma forte recusa dos totalitarismos políticos. É lá também onde descobriu a poesia e o teatro como forma de resistência imaginativa para escapar de uma existência alienada.

De outro lado, depois de chegar à capital francesa com 33 anos, nela permaneceu mais da metade da vida, sempre escrevendo, traduzindo e mantendo contato com artistas e intelectuais. Adotou a França como segunda pátria e nela desenvolveu sua maturidade artística, a ponto de ser atualmente publicado pelo selo da prestigiosa editora Gallimard. Portanto, o mais justo será considerá-lo mesmo um poeta croata-francês.[1]

No que se refere à filiação surrealista, também a conclusão acaba sendo bifronte. Sua adesão aos princípios do movimento era inequívoca desde os anos de formação, em Zagreb, e por certo se intensificou com a chegada à capital francesa. Mas, já naquele momento, era evidente que o surrealismo havia influenciado todo o ambiente artístico e tinha deixado de ser a corrente coesa que fora na origem. Havia dissidências e não foram poucas as polêmicas a respeito.

É inegável, portanto, que Radovan tenha adotado em sua escrita muitos procedimentos comumente associados à estética surrealista, assentada na transgressão sintática e na escrita automática, resultando numa liberdade associativa sem parâmetros. Tal afirmativa, contudo, deve ser matizada a contento, para não induzir a um entendimento superficial dessa poética. Ao referir-se à escrita automática, o próprio autor guarda distância da conduta aleatória e fortuita. Antes disso, afirma, cabe ao escritor compreender o sentido geral que esse fluxo de imagens aporta: "automatismo é uma espécie de diapasão".[2] Um recurso de orientação para vasculhar sentidos inesperados.

Outro aspecto a considerar é a perspectiva histórica. Depois do fim da Segunda Guerra Mundial, o ambiente estético europeu havia mudado muito, e cada artista tentava desenvolver e assumir seu próprio estilo, sem pressupostos estéticos coletivos. Acabara-se o tempo dos manifestos vanguardistas e o horizonte assumia a feição de um impasse. Esgotada a possibilidade de simplesmente repetir os

---

[1] Sobre a trajetória do autor, ler: IVŠIĆ, Radovan. "Prenez-moi tout, mais les rêves, je ne vous les donne pas". In: *Cascades*. Paris: Gallimard, 2006, pp. 61-99.
[2] "Enfim, eco da profundeza ou diapasão, a palavra automática é também aquela que introduz uma distância. Mais exatamente, é ela que nos permite perceber a distância de nós mesmos a nós mesmos, vale dizer a distância entre a identidade formal e a identidade passional, a distância entre a vida que a sociedade nos propõe e a 'verdadeira vida', conforme a formulação talvez ingênua, mas certamente justa de Rimbaud." Cf. IVŠIĆ, Radovan, op. cit., 2006, p. 73, tradução nossa.

procedimentos do passado, a ambição das novas escritas era encontrar alternativas de expressão compatíveis com o devir.

Radovan sempre teve consciência de tal desafio e procurou encará-lo, à sua maneira. Logo escolheu suas armas, pode-se dizer. Primeiramente, teve a sabedoria de recolher-se a poucas e selecionadas publicações. Preferia decantar os textos na mesa ao longo de muitos anos. Mais radical ainda, voltou-se para uma escrita concisa em que cada palavra tem seu peso e circunstância; na contramão da expansividade surrealista, desenvolveu uma sintética e inesperada musicalidade com as palavras. Com o mínimo, propunha um colar cintilante de imagens: "Sombria, ela está no vazio. Seu dedo desperta, hesita, depois torna-se peixe. Todo seu corpo se alumia. É o nevoeiro, diz para si mesma".[3]

Como se observa no poema anterior, escolhido ao acaso, com apenas quatro frases curtas, cria-se uma atmosfera singular por pura sugestão da melopeia das palavras — em sustentação ao contraponto das imagens. Os vocábulos, atravessados por um sopro comum, estabelecem entre si um elo expressivo e lírico; a linguagem volta-se para si mesma, encantada. É dessa maneira, pois, que os textos de Radovan intensificam o mecanismo da surpresa, fato que ele mesmo reconheceu em uma de suas máximas: "a poesia se escreve com o alfabeto dos vagabundos".[4]

Por isso mesmo, a sintaxe tradicional e seus respectivos impulsos frásicos passam aqui por uma reciclagem de usos que chama a atenção e talvez seja a característica comum a salientar no conjunto de peças tão distintas. A associação de termos se dá de maneira despojada e sem conectivos, apostando na sinergia das palavras. Ou seja, ela aposta no valor simbólico das imagens para fazer face à linguagem utilitária e ideológica, que se manifesta no cotidiano e age de maneira coercitiva nas esferas coletivas. Somente a arte pode romper com esse *status* alienante.

E a terapêutica, como não podia deixar de ser, passa pela alquimia poética:

---

[3] Ibid., p. 232.
[4] Ibid., p. 347.

> [...]
> As imagens nascem depois da chuva
> são todas as ideias que amo
> são todas as coisas que pouso em tuas costas
> as grandes abóbodas das asas e o feno na floresta
> unicamente para que as páginas se tornem faces
> como todas as laranjas no precipício
> como todas essas mulheres rindo de estar sem pé
> [...]⁵

Como se nota, não há roteiro certo para dispor uma imagem depois da outra — laranjas no precipício, quem sabe. Elas nascem em pleno movimento do pensamento e soletram-se como as gotas da chuva, formam manchas e poças de água ao modo de versos ou frases. Dessa maneira, trazem à tona inquietações profundas e universais que escapam à realidade e à linguagem contingente. Ao contrário, o que essa poesia dispõe é um convite para visitar as ilhas do obscuro.

Movido por esse intuito, o poeta não pode cair na mesmice de repetir fórmulas. A cada sopro de inspiração corresponde um desenho específico a ser transformado em palavras. Radovan aceitou o desafio: não se fixou num modelo único, pois valorizava acima de tudo a invenção e o impulso de origem. Levando à risca a crença de que forma e conteúdo devem se conformar num só fluxo, ele se entregou à instigação, e ao prazer, de sempre procurar a composição adequada ao imaginário correspondente.

Seja ao tratar o tema amoroso — como aparece no conjunto de "O poço da torre" ou na vertigem especular e agônica de "Narciso" —, seja ao incitar à viagem — em "A travessia dos Alpes" —, ou ao mergulho no sono que subleva a realidade — em "Sonhei" —, o estilo fino do autor processa uma operação formal única que desperta frescor e expressividade nas imagens. Em alguns momentos, até mesmo o humor comparece. E, no mais das vezes, predomina o recorte lírico da subjetividade.

Recorte lírico, aliás, fortemente impulsionado por um viés onírico. Chega a impressionar nesses poemas a constante aderência do sujeito

---

[5] IVŠIĆ, Radovan. *Poèmes*. Paris: Gallimard, 2004, p. 249, tradução nossa.

ao plano do sonho, espécie de força de atração em torno à qual se processa a experiência humana essencial. Nessa esfera, atua o diapasão do pensamento para além da racionalidade prática e objetiva. O texto nos transporta para outro plano.

O melhor termo para designar esse espaço de entremeio entre a dita realidade e o estado adormecido, nesse caso, soa algo excêntrico: "hipnagógico". Pela etimologia, significa "ato de conduzir o sono" (do grego, *hýpnos* + *agōgós*) e é um vocábulo bem adequado para designar essa dimensão paralela, sonâmbula, em que se misturam os instintos e se promove uma interseção onírica de valores. Assim percebida, a expressão que à primeira vista parece caótica e sem prumo ganha dinâmica própria e articula uma unidade antes insuspeitada.

E o poeta sabe de seu trabalho: "No granito do sonho, os meridianos do corpo tornam-se as rédeas do tempo",[6] diz num poema. Ou em outro: "começar a falar após um sonho, eu te asseguro, é começar a romper a vertigem dos gafanhotos".[7] Cabe ao escritor flagrar esse fluxo vertiginoso e transfigurá-lo numa liberdade de nexos e direções semânticas — sem se perder no caos. Ao final das contas, prevalece a mão hipnagógica de quem escreve.

Há certos autores que levam as palavras ao estado de sonho. Conhecem o alfabeto dos vagabundos e dos gafanhotos, entre tantos. São figuras raras, quase sempre delicadas e sabedoras de como explorar a magia sutil das palavras. Por vezes, seus textos são mal lidos e compreendidos erroneamente, tachados como herméticos. A poesia moderna, no entanto, bem mostra como são equivocados esses velhos rótulos. Em pleno século XXI, em meio a uma profusão de impulsos da cultura *trash*, nada mais recomendável do que estabelecer contato com uma voz essencial e delicada:

    folha
        da água
            sobre o sonho da relva[8]

---

[6] Ibid., p. 227.
[7] Ibid., p. 231.
[8] Ibid., p. 67.

A poesia de Radovan sonha por nós.
Trazida ao papel por um demiurgo rigoroso, morto em 2009.
Um homem que se alegrava com o miúdo das palavras.

Fernando Pessoa e o *Fausto* moderno

O enigma de Fernando Pessoa se desdobra a cada nova descoberta — ou a cada novo arranjo de sua obra. E eis que a publicação recente de um novo *Fausto*[1] — primeira edição integral dos manuscritos, apresentados sob a forma de cinco atos e entreatos — suscita uma radical revisão de sua importância dentro do projeto global do poeta português. Graças ao esforço de Teresa Sobral Cunha, que compilou os originais e teve a responsabilidade de propor uma nova ordem para o já conhecido poema dramático, torna-se inevitável indagarmo-nos sobre a verdadeira expectativa de Pessoa quanto a essa "tragédia subjetiva", como veio a designá-la em alguns fragmentos.

São poucas e incertas as indicações encontradas a fim de definir o *corpus* final. Concebido inicialmente como trilogia, que não chegou a se desenvolver, a escritura desse "Primeiro Fausto" estendeu-se por mais de duas décadas, convivendo com o surgimento e a efervescência dos heterônimos, qualificados pelo próprio poeta como "drama em gente". *Fausto*, portanto, não estaria distante das dúvidas e motivações que marcaram seus anos mais produtivos. Curiosamente, porém, o autor não faz qualquer menção a esse trabalho no plano original de suas obras completas, confidenciado em carta a João Gaspar Simões.

Pessoa está longe de ser um poeta literal. Sua grandeza advém justamente de não se fixar num estilo em que possa ser flagrado passivamente. O movimento desdobrável de sua poética vem do rodamoinho provocado pelo ato de pensar obsessivamente o sentimento e, de modo inverso, pelo fato de conferir ao pensamento a força de sentimento presente. "A base de toda a arte é a sensação",[2] escreveu. Tanto nos heterônimos como no *Fausto*, essa crença inspirou-lhe a criação de imagens, convicto de que "tudo é símbolo e analogia!", conforme escreve em trecho de 1932 e continua da seguinte maneira:

---

[1] PESSOA, Fernando. *Fausto*: tragédia subjetiva. Rio de Janeiro: Nova Fronteira, 1991.
[2] Id., *Páginas íntimas e de autointerpretação*. Georg Rudolf Lind e Jacinto do Prado Coelho (Orgs.). Lisboa: Ática, 1966, p. 192.

"O vento que passa e a noite que esfria/ São outra cousa que a noite e o vento —/ Sombras de vida e de pensamento".

Inspirado na forte admiração que mantinha por Goethe, teriam surgido os primeiros versos do *Fausto* pessoano em 1908, aos 20 anos. A partir de então, volta e meia retornava ao projeto cuja ideia central — deixa registrado em seus papéis — era a representação entre a Inteligência e a Vida, em que a primeira é sempre derrotada. Retomando o argumento de inspiração renascentista — que já tivera versões variadas em importantes poetas, como Lessing, Marlowe, Von Chamisso, Heine e Valéry, além do notável romântico alemão —, Pessoa concebe uma trajetória fáustica centrada na condição dilacerada do ser moderno. Em seu drama, o conhecimento perseguido pelo sujeito naufraga a cada nova tentativa de aproximação com a Vida, esta representada sucessivamente pelo corpo, pelo outro, pela mulher ou pela entrega aos instintos. Ao final, irremediavelmente, a morte encobre a inteligência com seu manto.

É bem possível que com essa saga Pessoa buscasse delinear um contraponto ao *Fausto* de Goethe. Este, pactuado em sangue com Mefistófeles, acreditava no domínio do sobre-humano como qualidade para enfrentar a degenerescência do tempo, do amor e do sofrimento. Aliado à força demoníaca, ambicionava o conhecimento das sensações absolutas e do destino humano. No entanto, inspirado no Século das Luzes e no florescimento da ciência em sua época, o escritor alemão concebe um final diferente para a condenação que paira sobre o gesto fáustico. Influenciado pelo espírito romântico, na segunda parte do drama — escrita ao final da vida —, Goethe redime seu herói dos fogos do inferno; na última cena, a corajosa liberdade do protagonista vê-se recompensada pela redenção da alma: "Pois dos gênios o alimento/ No éter livre, só, se alcança".[3]

Ora, não há em Pessoa um pacto com o demônio que justifique o arbítrio da condenação ou da salvação. Pelo contrário, no poeta português o que instiga a inteligência a compreender aguçadamente a vida resume-se à dimensão subjetiva que tem a consciência do

---

[3] GOETHE, Johann Wolfgang von. *Fausto II*: uma tragédia. São Paulo: Editora 34, 2010, p. 352.

pavor da morte. Pela fresta desse mistério, Fausto é obrigado a enxergar o medo fundamental que cinge os gestos humanos. Portanto, já não é mais possível escolher entre o divino e o perverso; qualquer eternidade outorgada pelo demo ao homem o consagraria também com a infinita imagem do horror. "Pensar fundo é sentir o desdobrar/ Do mistério, ver cada pensamento/ Resolver em milhões de incompreensões",[4] conclui.

Dessa maneira, o Fausto pessoano desloca-se para o foco da modernidade. A desesperação que o leva a tentar o amor de Maria (reconfigurando a Helena de Goethe), ou mesmo a indagar a natureza e a experimentar os jogos do prazer, culmina no isolamento. A razão subjetiva sucumbe diante do secreto mistério da mortalidade. O esforço de pensar defronta a corrosão das imagens e já não há saída para o alto: "Eu sou o inferno. Sou o Cristo negro/ Pregado na cruz ígnea de mim mesmo".[5]

Essa visão circular e decadentista é apontada por Norberto Bobbio como inerente ao século XX, atestando uma cultura em dissolução. Ao lado da atitude maneirista, apegada ao poder formal da linguagem, ela constituiria as respostas fundamentais da arte atual expressando um desespero que se isolou dos apelos da religião e dos mitos.[6] Fernando Pessoa concebeu seu *Fausto* sob o peso dessa consciência-limite.

Sua tragédia retoma sob o viés da modernidade uma antinomia já conhecida desde os gregos — a oposição entre consciência e destino, morte e vontade. Do gesto fáustico resta uma loucura luminosa que justifica a poesia. Fragmentada, incompleta e desordenada, sim, mas pulsando numa obra que registra fundo nosso impasse. "A crença é o sono e o sonho do intelecto",[7] adverte o poeta. E a pergunta final se impõe: sem as imagens da arte, sem o sonho da representação, que horror maior se nos aproxima?

---

[4] PESSOA, Fernando, op. cit., 1991, p. 13.
[5] Ibid., p. 112.
[6] BOBBIO, Norberto. *La filosofia del decadentismo*. Turim: Chiantore, 1944, p. 74.
[7] PESSOA, Fernando, op. cit., 1991, p. 164.

Mário de Sá-Carneiro: poeta das sensações

I

À semelhança de Arthur Rimbaud, o poeta português Mário de Sá-Carneiro (1890-1916) descobriu desde cedo na poesia uma potencialidade de alto risco. Como o poeta francês — que, em sua famosa carta ao amigo Paul Demeny, de maio de 1871, declarara o desejo de tornar-se vidente por meio do "desregramento dos sentidos" —, Sá-Carneiro também esteve predestinado desde a adolescência a um desregramento próprio.

Seus escritos mais precoces já prenunciavam um universo dramático que a produção posterior confirmaria e radicalizaria, culminando com seu suicídio quando estava prestes a completar 26 anos de idade. "Morre jovem o que os deuses amam",[1] diz o ditado grego retomado por Fernando Pessoa ao escrever sobre a morte do grande amigo. E acrescentou, comentando o destino dos que abrigam o instinto vital: "Ou morrem jovens, ou a si mesmos sobrevivem, íncolas da incompreensão e da indiferença".[2]

Rimbaud interrompeu drasticamente sua poesia aos 37 anos; Sá-Carneiro, atingido pelo desespero, tomou uma dose fatal de estricnina num quarto de hotel parisiense. Uma vez mais fulgurava o elo sinistro entre poesia e morte. No início do século XIX, a ousadia estético-sentimental dos românticos da Inglaterra e da Alemanha desencadeara uma dimensão nova para a poesia. Voltada para o âmbito do indivíduo e o jogo perigoso da existência pessoal, a linguagem da modernidade cresceu em angústia e obscuridade. A partir de então, outros poetas conheceram o amor dos deuses e sua maldição.

Sá-Carneiro está entre esses malditos, os que estenderam até o insuportável o sentimento do mundo e a tensão da palavra. Deixou-nos

---

[1] PESSOA, Fernando. "Mário de Sá-Carneiro (1890-1916)". *Athena*, Lisboa, n. 2, nov. 1924.
[2] Ibid.

poemas que testemunham uma sofrida e difícil "estadia no inferno". Dono de estilo próprio, intenso, trabalhou em sua poesia um caos de sensações e sofrimentos. Jovem atirado na vertigem, indagava por sua identidade. Atitude corajosa, sem dúvida, que abriria as portas de uma nova estética. Foi ele o responsável, com Fernando Pessoa e outros amigos, pela revolução modernista nas letras portuguesas.

O melhor de sua produção, escrita num curto período, entre 1913 e 1916, manteve evidente proximidade com a tradição de caráter simbolista, reconhecida pelo acento rigoroso na melodia dos versos. Mas acabou superando os modelos do passado. Criador de uma dicção hipersensível, de extraordinária plasticidade sonora, Sá-Carneiro provocou mesmo certo escândalo em sua época. Mais do que uma atitude estética, cruzou com a ousadia poética o assombro da vida.

Esse é, aliás, o tema central que costuma mobilizar os estudos em torno de sua obra. Seu percurso revela tal associação entre biografia e poesia que é necessário entrelaçar ambas para compreender-lhe a essência. "Eu sou daqueles que vão até ao fim. Esta impossibilidade de renúncia, eu acho-a bela artisticamente"[3], confidenciou numa de suas cartas. Tensa trama entre coragem e desespero.

II

Sá-Carneiro nasceu em Lisboa, a 19 de maio de 1890, ano historicamente marcado pelo ultimato do governo inglês que exigia a retirada de Portugal de certas regiões da África. Tempo de irrefreável crise da monarquia, portanto, favorecendo a oposição crescente. Filho único de Carlos Augusto de Sá-Carneiro, engenheiro de família militar que gozava de boa situação financeira, logo perdeu a mãe aos 2 anos de idade. Com o pai distante, servindo em terras africanas, ficou entregue à ama da casa e à avó, que veio a falecer em 1899.

Estudante no Liceu Camões (depois de ter cursado os primeiros anos no Liceu de São Marcos), inclina-se desde cedo para a criação literária. Seus primeiros escritos conhecidos datam de 1903 e sugerem especial sensibilidade para a composição rítmica. Alguns anos mais

---

[3] SÁ-CARNEIRO, Mário de. *Cartas a Fernando Pessoa*, v. I. Lisboa: Ática, 1973, p. 52.

tarde, admirador ardoroso de Edgar Allan Poe, publica alguns contos breves no semanário *Azulejos*, invocando temas que repercutirão em sua obra posterior, como se pode depreender pelos títulos: "O caixão", "A mendiga", "Amor vencido", "Página dum suicida".

O teatro, outra de suas paixões, ocupou-o seguidamente durante os anos de liceu, num clima caloroso de representações amadoras e saraus comandados por Mário Duarte, encenador ativo nos clubes de Lisboa.[4] Depois de ter escrito uma série de monólogos e pequenos textos dramáticos, nem sempre de satisfatória qualidade literária, Sá-Carneiro uniu-se a Tomás Cabreira Júnior, amigo de liceu, e escreveram juntos a peça *Amizade*, finalizada em abril de 1910. À época, Portugal vivenciava momento de intensa agitação política, culminando em outubro daquele ano com a proclamação da República, a cuja liderança fora guindado o intelectual Teófilo Braga para comandar um governo provisório.

Uma tragédia, contudo, sucederia no ano seguinte. Nas escadarias do liceu, em período de aulas, inesperadamente Tomás disparou um tiro de revólver no céu da boca. A pressão paterna, contrária aos hábitos e desejos do filho de tornar-se ator, provavelmente teria provocado o gesto suicida.[5] Coube a Sá-Carneiro a difícil tarefa de anunciar às outras classes do liceu a notícia da tragédia. A comoção foi geral, repercutindo nos principais jornais de Lisboa. Sá-Carneiro ficou profundamente abalado.

Em homenagem ao amigo morto, não cessaram os ensaios e preparativos para a estreia de *Amizade*, que aconteceria em março de 1912. Recebida sob aplausos no Clube Estefânia, frequentado pela burguesia lisboeta, trazia para o palco um tema pouco ameno. O personagem central, Cesário, artista jovem e irreverente, confronta-se com dois colegas de infância, acomodados numa vida trivial, levada sem ardor ou curiosidade. Com base nessa oposição entre universos, a peça sugere a superioridade moral do artista atormentado pela diferença que o isola.

---

[4] Conforme relato minucioso encontrado em: CASTEL, François. *Mário de Sá-Carneiro e a gênese da amizade*. B. Narino e F. Melro (Trads.). Coimbra: Almedina, 1971.
[5] Segundo François Castel, o fato teria sido abafado pelo pai, importante conselheiro municipal de Lisboa.

Tal conflito se tornará central na produção subsequente de Sá-Carneiro. Seu primeiro livro de contos, *Princípio* (1912), publicado em Lisboa, desenvolve várias histórias em que o tema da morte é apresentado como possível síntese para o confronto virtual entre sonho e realidade. Embora se trate de um livro que depois seria renegado pelo autor, representou um compromisso irreversível na busca de um projeto literário visceral. A partir de então, já não mais conseguiria escapar ao círculo ansioso da vocação literária.

Depois de uma precipitada matrícula na Faculdade de Direito da Universidade de Coimbra, que o desiludiu e o deixou sem perspectivas, almeja por ares mais cosmopolitas e decide transferir-se para Paris, sob o pretexto nunca logrado de ali reiniciar os estudos jurídicos. É o que ocorre em outubro de 1912, deixando na capital portuguesa a amizade de Pessoa e outros fiéis companheiros.

III

A descoberta da capital francesa e do clima de efervescência artística que lá encontra constituirá um marco de virada na obra de Sá-Carneiro. Sustentado pelo dinheiro regular que o pai se dispusera a lhe enviar da África, descobriu nos bulevares e nos cafés uma vida livre e descompromissada. Essa disponibilidade coincidia também com um momento privilegiado da cultura europeia, em que os cânones artísticos passavam pela contestação cerrada dos movimentos de vanguarda — notadamente o futurismo de Filippo Tommaso Marinetti, o dadaísmo de Tristan Tzara e o cubismo de Pablo Picasso. O debate de ideias, marcando a virada do século, fomentara uma efervescência de manifestos em que a fraseologia enfática acenava para uma radical transformação, sobretudo na literatura e na pintura.

Sá-Carneiro presenciou em Paris toda essa ebulição, mas continuava com o coração voltado para sua terra e seus amigos. Também psicologicamente continuava ligado a um passado indefinido que o fazia sofrer muito. Numa de suas primeiras cartas enviadas a Pessoa, revela o tormento que o perseguia:

Não tenho de forma alguma passado feliz nesta terra ideal. Tenho mesmo vivido ultimamente alguns dos dias piores da minha vida. Por quê?, indagará você. Por coisa alguma — é a minha resposta. Ou antes: por mil pequeninas coisas que somam um total horrível e desolador.[6]

Essa tendência depressiva será atenuada, ou mesmo aguçada (como saber?), por inúmeros projetos de contos e de poemas, alguns dos quais descreve em detalhes na correspondência que manteve, sobretudo, com o autor de "Ode triunfal". Os anos seguintes foram de uma atividade literária febril e intensa, desenvolvendo preocupação ferrenha com as peculiaridades de seu estilo. Desse modo, sem deixar de se voltar para a literatura portuguesa — com a tradição solidamente firmada em Antero de Quental, António Nobre, Cesário Verde, entre outros —, Sá-Carneiro une-se ao grupo lisboeta com o propósito de renovar e arriscar novos rumos para a expressão poética.

Imperava naquele momento o traço simbolista de gosto pelo vago, vistosamente presente na obra de Eugénio de Castro, por exemplo, ao lado da inclinação metafísica de versos nacionalistas, encontrada em Teixeira de Pascoaes. Em torno da revista *A Águia*, fundada no Porto, em 1910, reuniam-se intelectuais importantes mobilizados por um programa estético-social de fundo espiritualista. O nacionalismo profético, associado ao saudosismo da grandeza pretérita do povo português — sem abandonar o sentimento melancólico das coisas simples —, constituía o tom dominante da poética lusitana do início do século XX.

Mas o fundo espiritualista que animava as vozes consagradas não encontrava eco no gosto da nova geração. Diante de um mundo individualista, em que a ideia do divino e da ascese romântica perdera sentido, como dar conta de um cotidiano em tensão? A via do sublime ou da melancolia transcendente já não respondia ao nervosismo do novo século, de uma nova sensibilidade que tinha anseio de escandalizar a vida burguesa. Que fazer, então?

Esse era o desafio que reunia o chamado grupo da revista *Orpheu*. Como tantos outros, efervescendo a madrugada das cidades

---

[6] SÁ-CARNEIRO, Mário de, op. cit., v. I, 1973, p. 29.

europeias, os escritores reuniam-se na boemia dos cafés e ali se preparavam para a batalha literária das revistas e dos jornais. Ao lado da inquietação política, que ainda opunha monarquistas e republicanos — paralelamente à eclosão da Primeira Guerra Mundial —, na Baixa reuniam-se rapazes ansiosos por transferir à literatura uma palpitação vivenciada no cotidiano e dos sentimentos individuais.

Faziam parte desse grupo, além de Sá-Carneiro e Pessoa, poetas como Luís de Montalvor, Armando Cortes-Rodrigues, Amadeo de Souza-Cardoso e Alfredo Pedro Guisado. Da fronteira com as artes plásticas destacavam-se o eclético José Sobral de Almada-Negreiros e o disparatado Santa-Rita Pintor. A ida deste último a Paris, com Sá-Carneiro, ao contrário do que se possa pensar de imediato, acabou por fortalecer os vínculos e os projetos do grupo, amadurecendo as propostas de intervenção. Além disso, o ano de 1914 fora marcado pelo rompimento de Pessoa com as ideias da revista *A Águia*, publicação com a qual colaborara algumas vezes.

O ano seguinte abria-se com a perspectiva, já adiantada, de lançar uma revista literária que constituísse voz alternativa. Seus diretores eram Luís de Montalvor, em Portugal, e o poeta Ronald de Carvalho, no Brasil, igualmente afinado com os modernistas. Finalmente, em março, saiu do prelo o primeiro número da *Orpheu*, iniciando com alguns poemas de Sá-Carneiro sob o título "Para os 'Indícios de oiro'". O lançamento foi recebido pela imprensa com desdém e ironia, caracterizando seus colaboradores como mistificadores e alienados. E, embora a venda inicial tenha sido bastante pequena, isso não desanimou o grupo, disposto a confrontar o gosto vigente.

Três meses depois, saiu o segundo número, incluindo os poemas "Manucure", de Sá-Carneiro, e "Ode marítima", de Pessoa, que depois se tornaria famosa. Dessa vez, o impacto foi maior e a tiragem logo se esgotou, renovando as polêmicas em torno de suas propostas. O desdém e a ironia cederam vez a manifestações de apoio e de reconhecimento, mas insuficientes para que a revista ganhasse autonomia financeira. O projeto de um terceiro número terminou em fracasso, interrompida a impressão pela metade, pois já não se contava com o apoio de Sá-Carneiro. Sustada a ajuda financeira que o pai lhe proporcionava e que o jovem em parte desviava para custear a impressão da revista, não foi mais possível retomar a iniciativa.

"Bem propriamente, *Orpheu* é um exílio de temperamentos de arte que a querem como a um segredo ou tormento",[7] diz a apresentação de Luís de Montalvor ao primeiro número, procurando delinear por meio de frases enfáticas a ruptura desejada. E acrescenta: "Nossa pretensão é formar, em grupo ou ideia, um número escolhido de revelações em pensamento ou arte, que sobre este princípio aristocrático tenham em *Orpheu* o seu ideal esotérico e *bem nosso* de nos *sentirmos* e *conhecermo-nos*".[8] Apesar do hermetismo um tanto cifrado dessas palavras, é certo que tocam num ponto nuclear do modernismo português: o da interseção entre sensação e conhecimento.

IV

Sá-Carneiro é efetivamente um poeta das sensações. Voltado para a construção de um eu lírico que oscila entre um plano idealizado e, em contraposição, a adversidade do mundo real e burguês, seus versos anseiam por recriar, em nível simbólico, uma "vibração emocional" própria e singular.

É frequente associar-lhe a obra poética inicial — reunida no livro *Dispersão* (1914) — às características do paulismo. Esse movimento estético tinha sido deflagrado por Pessoa com o poema "Impressões do crepúsculo", publicado em 1914 na revista *A Renascença*. "Pauis de roçarem ânsias pela minh'alma em ouro..."[9] é o famoso primeiro verso desse poema, a sugerir uma atmosfera vaga e sutil. Em consonância com esse clima exterior, a subjetividade do poeta mobilizaria uma imaginação voltada para o vazio da alma, para o além, no anseio de outra realidade.

Em Sá-Carneiro, encontramos muitos exemplos dessa dubiedade, como no poema "Intersonho":

---

[7] MONTALVOR, Luís de. "Apresentação". *Orpheu*, Lisboa, n. 1, 1915, p. 9.
[8] Ibid., grifo do autor.
[9] PESSOA, Fernando. "Impressões do crepúsculo". *A Renascença*, Lisboa, fev. 1914.

> [...]
>
> Manhã de armas! Manhã de armas!
> Romaria! Romaria!
> ....
> Tacteio... dobro... resvalo...
> ....
> Princesas de fantasia
> Desencantam-se das flores...
> ....
> Que pesadelo tão bom...
> [...][10]

Há nesses versos certo ar de suspensão que cresce, mas ao final alcança unidade. Por isso, Sá-Carneiro costuma ser tomado por alguns críticos como o poeta que mais radicalmente entregou-se à expressão paúlica. O caráter desconexo e a abstração audaciosa de suas metáforas reforçam-lhe essa característica.

Mas sua poética logo ganha em complexidade. No livro seguinte, *Indícios de oiro* (1937), o embaralhamento de diferentes planos temporais — ou mesmo a indeterminação reforçada pelo uso dos verbos no infinitivo — espelha em seus poemas uma experiência que é, ao mesmo tempo, insólita e ambiciosa, abrindo espaço para imagens do inconsciente. É provável que essas novas características tenham se inspirado no diálogo com Pessoa, que no segundo número da *Orpheu* publicou os poemas de "Chuva oblíqua", qualificando-os como intersecionistas. Esse movimento estético — entre os vários que Pessoa promoveu — era inspirado nas dinâmicas da pintura futurista, que florescia nas artes plásticas, com ressonância na literatura. Em síntese, o intersecionismo almejava promover o efeito poético com base na sobreposição de cortes distintos de realidade: o passado entrecruzando o presente, o sonho e a realidade em justaposição, o cotidiano associado ao mito etc.

Com essa ampliação de consciência poética, os poemas de Sá-Carneiro crescem em ritmo e vigor, ao configurar o assombro

---

[10] SÁ-CARNEIRO, Mário de. *Poesia*. Fernando Paixão (Org., introd. e notas). São Paulo: Iluminuras, 1995, p. 41.

delirante de um eu poético que se irradia por sensações. É o caso do poema "Partida", que inicia o livro *Dispersão*, cuja sétima estrofe é reproduzida a seguir:

> [...]
>
> É suscitar cores endoidecidas,
> Ser garra imperial enclavinhada,
> E numa extrema-unção de alma ampliada,
> Viajar outros sentidos, outras vidas.
>
> [...][11]

É certo que esse mesmo desejo de "viajar" pelos sentidos marcara outros poetas portugueses do passado. No entanto, em Sá-Carneiro, a novidade está na própria consciência de que a sensação não constitui apenas um meio de elaboração de imagens para o eu lírico; mais do que isso, ela deve servir ao poeta como elemento de construção e configuração que o auxiliem na tarefa da expressão. Em outras palavras: na ambição do poeta modernista, também a linguagem deve "sentir"; é como se coubesse à melopeia dos versos recriar a eletricidade corpórea das sensações, a fim de transmitir movimento sensível a quem está lendo.

A chave desse procedimento pode ser encontrada em Pessoa, num dos papéis em que anota algumas ideias sobre outro movimento, o sensacionismo.[12] Escreveu ele: "A arte, na sua definição plena, é a expressão harmônica da nossa consciência das sensações: ou seja, as nossas sensações devem ser expressas de tal modo que criem um objeto que seja sensação para os outros".[13] Afirmações como essa, é claro, enquadram-se num ambiente de vanguarda; com o intuito de reinventar os meios e os modos da criação literária, intelectualiza-se

---

[11] Ibid., p. 37.
[12] O sensacionismo surgiu da amizade entre os dois poetas, possivelmente em torno do ano de 1916, e suas ideias gerais ficaram registradas em extensa carta de Pessoa a um editor inglês, propondo a publicação de uma antologia sensacionista. Cf. PESSOA, Fernando. *Obras em prosa*. Cleonice Berardinelli (Org., introd. e notas). Rio de Janeiro: Nova Aguilar, 1986, pp. 429-33.
[13] PESSOA, Fernando. *Páginas de estética e de teoria e crítica literárias*. Georg Rudolf Lind e Jacinto do Prado Coelho (Orgs.). Jorge Rosa (Trad. inglês). Lisboa: Ática, 1994, p. 138.

cada vez mais. Fatalidade de um momento histórico que se distancia da natureza? É possível. De qualquer modo, um ponto nevrálgico da poesia moderna está aqui apontado: "A única realidade em arte é a consciência da sensação".[14]

Sá-Carneiro, por mais atribulado que tenha sido seu tormento psicológico, mantinha acesa a consciência de que cada poema deve constituir-se como "um objeto que seja sensação para os outros". O dado de construção, portanto, torna-se essencial a esse efeito, conforme fica registrado numa de suas cartas a Pessoa:

> Meios artistas aqueles que manufaturam, é certo, beleza, mas são incapazes de a pensar — de a descer. Não é o pensamento que deve servir ao pensamento, fazendo-o vibrar, resplandecer — ser luz, além de espírito. Mesmo, na sua expressão máxima, a Arte é Pensamento.[15]

Concebidos como vasos comunicantes de subjetividade em tensão, seus poemas perseguem a autonomia de um desenho imaginário a ser compartilhado no ato da leitura. É o caso de "Manucure":

> Junto de mim ressoa um timbre:
> Laivos sonoros!
> Era o que faltava na paisagem...
> As ondas acústicas ainda mais a subtilizam:
> Lá vão! Lá vão! Lá correm ágeis,
> Lá se esgueiram gentis, franzinas corças d'Alma...[16]

A particularidade de Sá-Carneiro está justamente na maneira própria de matizar por meio dos versos o nervosismo intrínseco às sensações. Eis sua marca: a disponibilidade para acelerar a percepção dos sentidos, abrindo alas ao princípio agônico do mundo — dividindo-se entre imagens de dor e êxtase. Se em Rimbaud essa mesma condição resultaria na famosa expressão "je est un autre", Sá-Carneiro lamenta-se, no poema "Partida", pela "tristeza de nunca sermos dois".[17] Como não lhe basta a visão do puro sublime, essa tristeza aponta

---

[14] Ibid., p. 137.
[15] SÁ-CARNEIRO, Mário de, op. cit., v. I, 1973, p. 130.
[16] SÁ-CARNEIRO, Mário de, op. cit., 1995, p. 123.
[17] Ibid., p. 39.

para a impossibilidade do poeta em vivenciar o absoluto, como escreve em "Estátua falsa".

> [...]
> Sou estrela ébria que perdeu os céus,
> Sereia louca que deixou o mar;
> Sou templo prestes a ruir sem deus,
> Estátua falsa ainda erguida no ar...[18]

Não deixa de haver aí o traço decadentista de uma subjetividade imobilizada diante do real. No entanto, se em outros poetas de sua época o decadentismo manifestava-se por meio de um imaginário atraído pelo transcendente, Sá-Carneiro ganha em termos de materialidade plástica e sonora. Nele, a dinâmica acelerada de cores e movimentos, atravessada por uma vertigem de espaço e tempo, constitui como que um contraponto a seus estados da alma. É o que mostra em "Apoteose":

> [...]
> Desci de Mim. Dobrei o manto de Astro,
> Quebrei a taça de cristal e espanto,
> Talhei em sombra o Oiro do meu rastro...
>
> Findei... Horas-platina... Olor-brocado...
> Luar-ânsia... Luz-perdão... Orquídeas-pranto...
> ....
>
> — Ó Pântanos de Mim — jardim estagnado!...[19]

Versos como esses entrelaçam impressões, cujo movimento não se resolve ao fim; permanece como enigma. Nessa chave, confluem a vida e a obra do poeta, indistinguíveis, fluindo no mesmo amálgama.

Isso talvez explique certa ligeireza por parte da crítica na interpretação literária de Sá-Carneiro, sobretudo quando se apoia na fragilidade e na inquietude emocional presente em muitos de seus

---

[18] Ibid., p. 48.
[19] Ibid., p. 68.

textos e cartas. É comum vê-lo associado a um narcisismo de natureza infantil, que certas interpretações insistem em relacionar à ausência precoce da mãe e, consequentemente, à indeterminação do modelo feminino. São visões discutíveis, que não raro caem em raciocínios primários, já que a relação entre biografia e literatura, inquestionável como aparece na obra de Sá-Carneiro, guarda o segredo de uma comunicação sutil e subterrânea, e está longe de ser determinista.

V

É, sobretudo, pela observância da riqueza do estilo que se evidencia a singularidade de Sá-Carneiro. Com uma obra relativamente pequena, a limpidez de sua voz poética destaca-se por oferecer uma tensão própria. Desde o início, Sá-Carneiro perseguiu uma linguagem extremada, voltada a recriar em nível verbal a radicalidade de uma cisão interior — representada num espectro múltiplo de cores, movimentos, seres fantásticos, volumes e também por uma atormentada relação com o tempo. Já na primeira estrofe do poema "Partida", que abre *Dispersão*, o tema da cisão se oferece cristalino:

> Ao ver escoar-se a vida humanamente
> Em suas águas certas, eu hesito,
> E detenho-me às vezes na torrente
> Das coisas geniais em que medito.[20]

A contraposição fundante divide-se entre, de um lado, a vida humana de "águas certas" e, de outro, o desejo de fugir e as "coisas geniais em que medito". O princípio de hesitação aparece como pressuposto do lugar do poeta, reiterando a cada movimento o desejo de ser outro.[21] São vários os poemas em que esse tipo de "hesitação" se vê mimetizada no jogo sonoro e semântico, emprestando aos versos uma vibratilidade congênere ao tema. Segundo o escritor José Régio, que foi admirador de Sá-Carneiro, essa "dupla personalidade,

---
[20] Ibid., p. 37.
[21] Tal postura, num plano mais genérico, repercute o clima de decadentismo que se respirava na época, representado por figuras estelares como Oscar Wilde, Maurice Maeterlinck ou Gabriele D'Annunzio, em diferentes contextos da Europa. Cf. SIMÕES, João Gaspar. *O mistério da poesia*: ensaios de interpretação da génese poética. Porto: Inova, 1971, p. 123.

a desintegração da personalidade [...] é, afinal, o sonho do homem de vencer as barreiras que a cada um impõe o seu eu individual, vislumbrando-se em seguida um estado de 'intersonho'".[22]

O poema "Rodopio" constitui um bom exemplo desse estado hesitante, que beira o onírico. Percebe-se como nas estrofes seguintes os versos corporificam os antagonismos entre claro/escuro, alto/baixo, repouso/movimento, luz/treva:

> Volteiam dentro de mim,
> Em rodopio, em novelos,
> Milagres, uivos, castelos,
> Forcas de luz, pesadelos,
> Altas torres de marfim.
>
> Ascendem hélices, rastros...
> Mais longe, coam-me sóis;
> Há promontórios, faróis,
> Upam-se estátuas d'heróis,
> Ondeiam lanças e mastros.
>
> Zebram-se armadas de cor,
> Singram cortejos de luz,
> Ruem-se barcos de cruz,
> E um espelho reproduz,
> Em treva, todo o esplendor...
>
> [...][23]

Como se vê, é por meio da representação de um turbilhonamento imagético e sonoro que o poeta anseia por representar um eu cindido. Contribui para isso a métrica rigorosa de heptassílabos, no interior dos quais o contraste de vogais reforça a discrepância de elementos. A sucessão de imagens é reforçada por uma ideia de espaço que também materializa a seu modo a agitação do rodopio. A sobreposição de versos, como "Ascendem hélices, rastros... Mais longe, coam-se sóis;" ou "Ruem-se braços de cruz,/ E um espelho

---

[22] RÉGIO, José. *Pequena história da moderna poesia portuguesa*. Lisboa: Inquérito, 1941.
[23] SÁ-CARNEIRO, Mário de, op. cit., 1995, p. 54.

reproduz,/ Em treva, todo o esplendor...", torna evidente no nível espacial o conflito vivenciado pelo sujeito lírico, representado pelo volteio e revolteio de imagens.

A incoerência, a divisão, a excentricidade e a bizarrice são impressões que, nos poemas de Sá-Carneiro, se sustentam no uso de figuras de linguagem apropriadas. A abundância de antíteses e oximoros (exploração de contrastes em um único período sintático) está frequentemente apoiada num ritmo que explora a variação de sílabas fortes e fracas. Quanto à sintaxe, é comum o uso da sequência de frases paralelas, reforçando o conteúdo das oposições. Some-se a isso a limpidez e o rigor das imagens escolhidas, e teremos a essência do estilo de Sá-Carneiro.

Vejamos, a seguir, como na continuação do poema "Rodopio" emana dos versos a sensação de giro:

> Luas d'oiro se embebedam,
> Rainhas desfolham lírios:
> Contorcionam-se círios,
> Enclavinham-se delírios.
> Listas de som enveredam...
>
> Virgulam-se aspas em vozes,
> Letras de fogo e punhais;
> Há missas e bacanais,
> Execuções capitais,
> Regressos, apoteoses.
>
> [...]
>
> Há elmos, troféus, mortalhas,
> Emanações fugidias,
> Referências, nostalgias,
> Ruínas de melodias,
> Vertigens, erros e falhas.
>
> [...][24]

---

[24] Ibid., p. 54-5.

Aqui, a originalidade apoia-se no difícil equilíbrio entre o sensorialismo das imagens (caótico e dispersivo, invocando a estranheza de certas palavras) e o rigor formal, em versos rimados, indicando um esforço de contenção. Como consequência, as sensações de rodopio e de beleza poética tornam-se indistinguíveis e confluem em apenas um movimento.

Em carta a Pessoa, quando lhe enviou a primeira versão do poema "Rodopio", Sá-Carneiro externou o objetivo de descrever em seus versos "a angústia de apanhar tudo quanto possa; o que é impossível".[25] Algumas linhas adiante, reitera: "o que eu quis dar foi a loucura, incoerência das coisas que volteiam — daí a junção bizarra de coisas que aparentemente não têm relação alguma. Quis dar também o rodopio pela abundância, pelo movimento".[26]

Colocada no centro de uma poética nervosa, a dispersão vivenciada acena com uma visão em que o ideal constitui-se simultaneamente como sonho e impossibilidade. O gesto poético sustém-se entre a ascensão desejosa e a queda produzida pela realidade trivial. Arqueada, a figura do sujeito passa então a representar o "quase" — possibilidade perdida, mas vislumbrada pelo poeta. O sonho, afinal, acaba enaltecido como idealidade para um eu poético que deseja ardentemente ser outro. É o caso de "Quase":

> Um pouco mais de sol — eu era brasa,
> Um pouco mais de azul — eu era além.
> Pra atingir, faltou-me um golpe de asa...
> Se ao menos eu permanecesse aquém...
> [...][27]

Que interpretação final dar a esse ímpeto? Com que síntese moral explicar essa agonia jovem e dilacerante? Que será melhor: aderir ou afastar-se desse narcisismo extremo?

A questão fica em aberto para cada leitor. Os críticos divergem quanto ao emblema com que classificar nosso poeta. "Sá-Carneiro

---

[25] SÁ-CARNEIRO, Mário de, op. cit., v. I, 1973, p. 118.
[26] Ibid., p. 121.
[27] SÁ-CARNEIRO, Mário de, op. cit., 1995, p. 49.

tinha dentro de si [...] um monstro de orgulho metafísico que não aspirava a nada menos que à divindade,"[28] afirma Adolfo Casais Monteiro ao escrever sobre o autor. Outro crítico português, Arnaldo Saraiva, acena com uma leitura diversa: "o que o atormenta nem é a estruturação da sua vida psíquica — é a sensação da incapacidade de a estruturar, e da 'dispersão' fatal do 'corpo fragmentado' pelos labirintos da vida".[29]

As possibilidades de interpretação são muitas, é verdade. Mas estão dadas sempre *a posteriori*, para além do que funda o momento da leitura. Nesse silêncio primeiro, inaugural, o orgulho metafísico e o corpo labiríntico do poeta se transmudam em cor, luz e som de uma experiência que vale a pena compartilhar. Sua dispersão, multiforme, leva-nos a rondar o mistério. Oferece-nos o canto arriscado de uma "Sereia louca que deixou o mar". Encanto atravessa décadas e vai virar o século. Porque, certamente, Mário de Sá-Carneiro — ainda que os deuses o tenham levado jovem para também matar a sede de absoluto — está entre os grandes poetas de nossa língua, esses videntes de horizontes desconhecidos.

---

[28] MONTEIRO, Adolfo Casais. *A poesia portuguesa contemporânea*. Lisboa: Sá da Costa, 1977, p. 114.
[29] SARAIVA, Arnaldo. "Apresentação". In: SÁ-CARNEIRO. *Cartas de Mário de Sá-Carneiro a Luís Montalvor, Cândida Ramos, Alfredo Guisado, José Pacheco*. Arnaldo Saraiva (Leitura, sel. e notas). Lisboa: Limiar, 1977.

PARTE III
DO AUTOR

Depoimento: Das asas do eterno às mãos do azulejista

Na ciranda da adolescência, depois de visitar dezenas de vezes a imagem de um acendedor de lampiões, retirada de um soneto de Jorge de Lima descoberto numa antologia escolar, passei a crer que os poetas eram imortais. Ser poeta, e desse modo estabelecer uma linguagem com as coisas, recuava a morte e abria espaços em meio a um conhecimento cujo destino seria o de suplantar o finito, o perecível.

Acreditava verdadeiramente na figura do poeta como a mais fiel maneira de entrar na floresta, cruzar uma rua de manhã ou assistir ao espetáculo das frutas nas repetidas feiras de sábado. E pensava: "De que modo poderá então a morte tocar-me com suas garras se, quando crescer, serei poeta?" A impressão que tinha era a de que, fazendo o esforço de olhar para dentro das coisas, podia me liberar do que acontecia fora delas. A adolescência vive essa vertigem de asas sobre o corpo.

É certo que nesse momento já uma dor do mundo e o inevitável medo de nele penetrar pontuavam a idealização desse deus absoluto atuando no centro da linguagem. E, como é possível aqui inventar, vamos dar-lhe um nome: Zeus Vocabulário. O que eu começava a perceber era que a vida, com seus sinais e resíduos externos, poderia ser transportada vivamente para o interior de um jogo sutil, cuja fragilidade beira a do cristal, e que o jogador dessa incerteza — quem por acaso pensa que são certas as coisas? — seria então um criador invencível.

Foram necessários outros anos, poemas, livros, páginas de medos renovados, para que aos meus olhos o poeta alcançasse a mesma precariedade de todos os humanos. Morre-se, é verdade. Esse é um dos horizontes com que cabe depararmos. Significativamente, porém, essa constatação não se deu sob o signo do fracasso. O encanto de me deitar no quintal de cimento para usufruir a luz da tarde, de imaginar a poesia daquele momento como um caminho para a eternidade, transmudou-se num sentimento de outra espécie.

O poeta que hoje imagino está longe das hiperbólicas qualidades dos heróis míticos, e sua ambição deslocou-se para estar "sob" os desígnios que me tocam ou que percebo em nossa época. Quer dizer, esse novo poeta pode ser comparado a um peixe que perde as escamas enquanto atravessa as águas; mas, curiosamente, a inclinação para nadar e procurar alimento lhe advém desse mesmo fato de perder a pele. Ele a vê — ou a cria? — transformada em rastro de uma palpitação interior.

O poeta vê o mundo e recolhe um sentimento de urgência. Não deixa de se comover e perguntar. Por meio dessa metafísica própria, substancial, é que vai deixar de acreditar nas sombras projetadas na caverna e vai querer tocar o fogo, à maneira de um construtor de chamas. Continua legítima, portanto, a máxima de Novalis ao afirmar que "todo visível adere ao invisível".

Penso que é esse elo de aguda especularidade que deve ser hoje revisitado pela poesia. Para isso, contamos com o instrumento das palavras, as palavras mesmas que, curiosamente, são nossos olhos e nossas mãos para com a realidade. Por meio delas, o poeta "olha" a superfície dos dias e das vivências que passam, atento ao sopro das formas. Em versos memoráveis, Arthur Rimbaud sentou a Beleza no colo — achou-a amarga — e injuriou-a. Dylan Thomas cruzou as inquietações químicas do seu sangue com o vento frio de outubro.

Trata-se, pois, de um olhar que, no limite de expressão, humaniza o real. Essa ação vivificante seria impossível sem o trabalho plástico e sonoro das imagens poéticas, que realizam no centro da poesia uma dinâmica ativa — quase manual, diríamos. Quando se fala na propriedade de nomear o mundo pela linguagem, essas "mãos" atuam no intuito de dar movimentos próprios a elementos estranhos entre si, que, no plano físico, se encontram distantes ou são incompatíveis. Temos um exemplo dessa incrível capacidade de recriar o espaço vivido num breve poema de Carlos de Oliveira, o poeta e prosador luso-paraense:

> Céu.
> Apalpo e oiço
> o silêncio, O silêncio
> adensou e rangeu.[1]

No centro desses poucos versos, o silêncio pôs-se a ranger e nós pudemos escutá-lo. O poeta agiu no centro de um paradoxo. Criou uma experiência que a mera realidade recusa aos nossos sentidos; aproximou o concreto do abstrato, e vice-versa. Confesso que esse horizonte poético teve muita influência em minha pulsão pela palavra. No entanto, se essa parece uma tarefa simples, não o é. A exigência que a poesia nos faz implica sempre o risco de conviver com mortes inesperadas, acontecidas à flor da pele ou à flor dos olhos.

Nesse sentido, cabe lembrar que o olhar e o atuar da poesia têm convivido, atualmente, com uma existência cujo princípio de identidade se dissipou. O sonho épico de totalidade, que sustentou a dicção antropocêntrica de grandes obras da época clássica, arruinou-se de modo progressivo na poesia moderna. O anseio idealizado cedeu lugar a um sujeito que não apenas se descobre vulnerável e precário mas que também deixou de ser o centro iluminador dos acontecimentos.

Digo isso não para levantar um tema tão polêmico, mas apenas para lembrar que essa mesma parábola — que parte do maiúsculo ideal e desce ao visível cotidiano — acaba muitas vezes por suceder na biografia pessoal de quem desde cedo se engaja num projeto poético. Vou colocar-me como exemplo, para facilitar. Lembro-me de um dos primeiros poemas a que me dediquei com intensidade, e que certamente ajudou a fortalecer minha adesão à poesia. Tinha como tema — não achei nada mais original — a noite. Era um poema sobre a noite gorda, mãe grande e generosa, acolhedora das diatribes dos instintos. Perdi-o, felizmente, mas com ele ganhei um concurso no colégio, e isso prorrogou por alguns meses ainda minha crença na imortalidade desejada.

---

[1] OLIVEIRA, Carlos de. *Trabalho poético*, v. 1. Lisboa: Sá da Costa, 1976, p. 12.

Pouco depois, talvez influenciado pela leitura dos românticos brasileiros, tão comportados na forma, escrevi um soneto manco, inspirado num tema também risível. Imaginava uma lágrima chorada pelo poeta — eu e minha dor de mundo, claro —, que, portadora de identidade própria, desembocaria no mar. Em seguida, depois de se ver alçada à forma de nuvem, a lágrima se transformaria numa gota de chuva, a mesma que, completando o ciclo, tocaria o rosto de onde partira. Apenas como distração, reproduzo aqui o desfecho que essa micro-odisseia me inspirou:

> Molho-me à chuva que de mim tem vida.
> Não sei que ilusão em meu corpo é retida.
> Fui mar, nuvem, sou lágrima perdida.

Como lição a tirar desses descaminhos, penso que, ao longo desse tipo de aprendizado — que pode levar uma vida inteira, ou apenas um dia, dependendo do ardor de cada um —, é possível percorrer com autenticidade ingênua todos os estilos e maneirismos poéticos por que já passou a história literária. Creio mesmo que a ingenuidade seja um território inevitável (e necessário) ao longo da procura de uma expressão individual. Estamos sempre partindo dela para dar um passo além. No âmbito pessoal, essa trajetória me deixou marcas de um olhar aberto para a emoção, como forma de extrair uma linguagem do real. O intelecto, para mim, configura a segunda dimensão dessa matéria original.

Por pensar (ou sentir) assim é que trilhei com maior naturalidade o lirismo aberto e multifacetado da poesia portuguesa das últimas décadas. Herberto Helder, António Ramos Rosa, Eugénio de Andrade e outros contemporâneos, irradiados do núcleo da revista *Orpheu* constituído por Fernando Pessoa e Mário de Sá-Carneiro, estimularam em mim uma poética expansiva, que cumpria também o papel de retorno ao meu lugar de origem. Palavra deslocada por uma ascensão elegíaca, já não se refere mais ao belo de talhe clássico, mas guarda atenção ao fluir vital dos corpos e dos contatos.

Outras leituras e caminhos sucederam. Afeiçoei-me a outros poetas, e a sensação que tenho agora é a de uma sincera perplexidade em relação às direções a tomar. Meu aprendizado continua sob a didática do espanto. Recentemente, ocorreu-me a felicidade de ter tido um sonho em que alguém lia um poema e diante do qual fui acometido de uma rara emoção, que julgo será aquela perseguida por boa parte dos enunciados poéticos. A experiência durou pouco, pois com o despertar imediato tudo se desvaneceu. Nada lembrei do poema, imaginado em forma tão acabada, e a única chave que dele pude resgatar foi uma palavra, certamente importante no contexto: azulejista.

Frustrado pela perda indevida de um momento tão perfeito, tomei a palavra que me restara, que à primeira vista parece tão pouco poética, e fui à procura do texto. Sabia que não mais encontraria aquela expressão, porém desejava ao menos reter na vigília a lembrança do encantamento noturno. Confesso que ainda estou perplexo e sem saber julgar este poema que virtualmente se remete a outro que apenas eu pude conhecer. Vou transcrevê-lo a seguir com a egoísta intenção de, ao compartilhá-lo, inaugurar com os leitores um sentido maiúsculo para estes versos:

> Superfície recortada
> perde pedaço a pedaço pelas mãos
> do azulejista
> A parede branca desaparece
> submersa no capricho
> de uma pele de esmalte e infinito.
> E a claridade
> antes repousando em leito tosco
> sobre que rebrilhos fluirá?
> Ausente. Manejando massa e quadrados
> constrói-se o azul do horizonte.[2]

A perplexidade a que me referi começa num fato involuntário como este; no entanto, vai além. Refiro-me à sensação de que temos diante de nós um real incrivelmente intempestuoso. A perversidade

[2] PAIXÃO, Fernando. *25 azulejos*. São Paulo: Iluminuras, 1994, p. 72.

social palpita sob formas dissonantes e é por meio dela que a criação respira e transpira. Daí a pergunta contínua: que palavra pode ser resgatada para além das ruínas? Creio que mesmo a linguagem da nossa vivência tem seu contraponto nesse espelho e deve procurar por meio de um jogo ousado de reflexos criar outras paisagens para a sociabilidade.

Devemos ser os portadores de um "talento doloroso e obscuro",[3] conforme apontou Herberto Helder, se quisermos cumprir esse papel. Pois, se a autonomia da arte foi construída desde os românticos como resposta crítica e de renúncia ao advento industrial da mercadoria e das formas sociais alienadoras, também a poética do final do século XX descentrou-se da soberania do sujeito. O ato poético, em sua radical justificativa, passou a repercutir o enfrentamento do caos, ou, se quisermos, da entropia das imagens.

Representativo, nessa perspectiva, é o anjo da História que Walter Benjamin tomou de um quadro de Paul Klee. Com os olhos arregalados, a boca aberta e as asas prontas para voar, o que ele tem diante de si são os escombros de um passado que soçobra. De costas, ele se vê impelido para o futuro; uma tempestade sopra do Paraíso e o impede de fechar as asas.

Tendo que enfrentar uma paisagem tão desconcertante, imagino que o anjo da Poesia encontra-se a seu lado, ferido pelo mesmo assombro. Essa é a novidade do nosso momento poético: o mesmo círculo da imperfeição a unir humanos e anjos. Também a estes foi vedada a eternidade dos mitos; são eternos e anjos apenas enquanto alcançam a generalidade de uma paisagem que é a da nossa carne.

Diante das ruínas, portanto, o anjo da Poesia desenvolve o princípio ativo da linguagem: descobre analogias perdidas, desdobra uma página de tempo, coloca a girar em suas mãos insuspeitadas belezas negras. O anjo, enfim, que na minha imaginação acabou por substituir o Zeus Vocabulário, põe-se a criar a partir do perdido. Essa eternidade, comprimida no instante vertical de alguns poemas, a minha infância teve a intuição de perceber. Só não soube localizá-la. Aliás, ela não tem uma morada certa. Tenho a vida toda para procurar.

---

[3] HELDER, Herberto. *Poesia toda*. Lisboa: Assírio & Alvim, 1981, p. 151.

Entrevista: Uma voz portuguesa na poesia brasileira[1]

Entrevista publicada no primeiro número da revista *Construções Portuárias*, de Lisboa, em maio de 2002. As perguntas são do escritor português António Cabrita.

Fernando, vieste para o Brasil quando eras muito miúdo. A tua integração foi imediata ou sofreste na pele a distância, o sotaque, a diferença? Tu és menos expansivo que o brasileiro comum...

Já se vê de imediato que não sou da turma dos carnavalescos, dos extrovertidos, não é? Mas isso a gente não escolhe, colhe a cada dia. Destino, talvez. Olho para trás e vejo uma trama de acasos e de sentimentos metidos no coração de um homem simples, o meu pai, por exemplo, que não mais queria trabalhar para o seu pai, meu avô, e animou-se para mudar de continente atraído pelas boas notícias vindas do Brasil que circulavam em sua pequena aldeia de Bezelga, na Beira Alta, em Portugal. Partiu no ano em que nasci e só vim a reencontrá-lo com quase 7 anos, quando viemos os dois filhos e minha mãe. Foi a entrada num outro mundo, acredite: as palavras não mais serviam para dizer as mesmas coisas. "Malga" teve de ser trocada por "tigela", e assim por diante. Junto com isso também veio a descoberta de novas brincadeiras que mexiam diferentemente com o corpo, como o jogo de taco, a bater e correr. Mas... e as diferenças, o que dizer delas? Começaram logo pelo nome, quando veio a alcunha de "murruga", corruptela de portuga, enquanto o meu irmão, de 14 anos, passou a ser o "tiguêis", dois codinomes quase sinônimos e armados por vogais tão diferentes. Acho que isso e um bocado de outras coisas contribuíram muito para certo cultivo do silêncio em mim...

---

[1] Durante a entrevista são feitas referências às seguintes obras de Fernando Paixão: *Fogo dos rios*. São Paulo: Brasiliense, 1989; *25 azulejos*. São Paulo: Iluminuras, 1994; *Poeira*. São Paulo: Editora 34, 2001; *Narciso em sacrifício*: a poética de Mário de Sá-Carneiro. Cotia: Ateliê, 2003.

Passemos a outros transes. Em "Fogo dos rios" [do livro homônimo] escreves: "Não consegue o burro/ comer toda a relva/ que sonha/ nem o poeta conceber/ a pedra/ concretíssima". Diz-me: está o poeta condenado aos "ledos enganos", a chamar gaivota à galinha pela necessidade de acrescentar um pouco de ilusão à matéria do real?

Pelo que me lembro, esse poema tinha uma motivação simples: procurar afirmar que nós, os que escrevemos versos, estamos sempre condenados a uma idealização excessiva, um tanto traiçoeira até. Claro que há figuras de outro tipo, espontâneas e pouco racionais. Mas, no caso daqueles que se põem a defender trincheiras estéticas e são mais teóricos — como quase todas as vanguardas do século XX, e os concretistas, no Brasil, de modo particular —, acontece em muitos casos de terem a ambição de formular uma teoria excessiva sobre a arte poética. Eu, pessoalmente, desconfio dessa atitude. E isso não quer dizer que eu esteja fora disso, não. Estou metido nisso. De qualquer modo, penso que os poemas, como as pedras, pertencem a um tempo anterior à razão.

Eu tive outra leitura desses versos. Lembrei-me de um dito do [Ludwig] Wittgenstein, segundo o qual o mais difícil para o ser humano é captar o que está diante dos seus olhos e por isso tomei o adjetivo como uma forma de recapturação da pedra, da sua concretude, como se fosse o "som puro" de uma nota musical...

Você tem razão, o jogo do poema também aponta nesse sentido. Aliás, devo confessar que tenho uma atração especial por essa imagem fascinante, que na verdade representa um amplo leque de metáforas, que é a "pedra". Você verá que ela está presente em vários textos meus. Por mais concreta que seja, com as suas marcas devidas, a pedra também é fruto da nossa imaginação, está em contato com a dinâmica dos nossos afetos profundos. Ou seja: enquanto minério puro, coisa do mundo, a pedra está lá, ali, onde estiver... mas o encontro com o olho já dispara uma relação, uma história, sei lá. O poeta espanhol Juan Eduardo Cirlot, que foi um grande erudito em simbologia, definiu certa vez o conceito de paisagem como o resultado de forças internas que se liberam e ganham realização no espaço... É a partir de dentro que a imaginação se move e ganha forma na paisagem, ele diz. O contrário do que se pensa normalmente.

Nenhum dos teus livros é lebre para o seguinte: há uma mudança de pautas e de tons entre eles, ainda que mantenham em comum uma concisão e uma nítida busca de uma verdade para a expressão, que é muito mais do que uma adequação formal. Acho que acreditas mais na poesia como gnose, digamos assim, do que como exercício lúdico, potenciado por formas preestabelecidas. Escreves: "Das entranhas/ nasceu aquele/ que as entranhas/ decifrará". Essa posição de dobra sobre si próprio não é a que opera o poeta na procura de fazer coincidir poesia e verdade?

Que considerações tão vastas, homem! Belo tabuleiro me armaste com isso. Mas por que fugir? Vamos tomar aí um fio da meada. Bem, penso que tal coincidência entre poesia e verdade não existe, é impossível por princípio, até porque a tal da verdade está multifacetada entre corações estranhos. Absoluto é coisa dos deuses, imagino, só temos contato com ele por caleidoscópio... e olhe lá! Agora, vejo, sim, um elo entre poesia e conhecimento, porque acredito no alto poder da inteligência sutil manifestada em tantos bons poetas modernos. Konstantínos Kaváfis e Eugenio Montale, por exemplo, que são paixões minhas. Percebo neles um efeito de som e sentido, acasalados a um rol de imagens de efeito poderoso sobre a imaginação de quem lê... acredito nisso, essa crença me leva a escrever, acho...

Então acreditas na palavra revelada?

Sim. Não vou negar, pois estaria mentindo. Mas, com um pé atrás, desconfiando, claro. A poesia moderna nos ensina a desconfiar. Então, acredito no *insight* que o pensamento poético pode oferecer à realidade e que para mim está expresso com felicidade num poema zen transcriado pelo Herberto Helder: "as palavras não fazem o homem compreender, é preciso fazer-se homem para entender as palavras".

Como é que chegaste à condensação formal dos teus versos? [Eugène] Guillevic, que tem o mesmo tipo de cesura que tu, contava num livro de entrevistas que chegou a essa forma no dia em que sonhou que estava a gravar com um canivete um poema numa árvore. Então concluiu que aquela era a medida dele, estrita, uma medida que coubesse no tronco de uma árvore. Tu, como é que chegaste a essas sínteses?

Tenho mania de escrever desde os 15 anos... na época da universidade eu preenchia muitos cadernos à caneta, anotava pensamentos e ideias etc. e nessa época eu era tomado por um gosto barroco que me levava a adorar densos adjetivos e verbos de ênfase. Hoje acho que havia ali algo de falsete, não me reconheço mais naquilo, é curioso. Agora, a concisão que você está apontando resultou do trabalho de elaboração que tive por ocasião do *Fogo dos rios*, que eu comecei a escrever no final de 1983, mas que só foi publicado em 1989. Eu tinha andado com o Heráclito para trás e para adiante durante os dois anos em que frequentei o curso de filosofia na universidade, e a leitura dele tinha sido tão intensa e íntima que não largava a tradução do professor José Cavalcante de Souza. Era um livro fixo na minha bolsa. Até que um dia acabei escrevendo um poema e logo em seguida percebi que eu tinha simplesmente registrado em outras palavras o que havia lido no pré-socrático. O poema era ruim, foi para o lixo, mas surgiu dali a vontade para tomar os dizeres do filósofo como fresta para um imaginário pessoal, livre, que pudesse ser lido de forma autônoma. Foram necessários vários anos de idas e vindas a uns caderninhos pretos em que escrevia e reescrevia as muitas versões... e acabei próximo a esse modo conciso, curto e meditativo de acreditar nas palavras.

"Sol sempre novo/ ovo de cada dia". É um belo exemplo do que referes. Nesse caso, como é que chegaste ao núcleo: por corte e montagem gradual ou foi um flash repentino?

O que estás a dizer é que se trata de um ovo bem chocado, é isso?... Olha, não me lembro bem, mas na minha opinião, independentemente de ter concepção rápida ou não, o poema curto tem uma composição peculiar a que se deve estar atento. Fernando Pessoa insistia que todo poema tem que ser como um organismo vivo; então, nesse caso, os poemas de poucos versos têm mais a ver com a morfologia de um inseto, seja um louva-a-deus, seja uma borboleta...

Mas o livro foi-te soprado, inspirado, pelo Heráclito ou cada fragmento teu tenta responder a um fragmento dele?

Naquela época eu escrevia muito, páginas e páginas, mas sem projeto definido, minhas anotações eram ao léu. Então esse diálogo com o Heráclito tinha um sentido de me colocar à prova: eu tinha algo a dizer ou não? Foi, na verdade, mais uma tentativa de me encontrar poeticamente do que fazer uma paráfrase do original... acho que amadureci um bocado com isso.

E tivestes o prefácio do Antônio Houaiss...

Ele era um homem muito generoso do ponto de vista intelectual. Tinha notáveis qualidades humanas.

Fala-me lá desse sonho que te ocorreu uma vez com um poema de que só sobrou uma palavra.

Isso se passou quando eu andava às voltas com o meu segundo livro, *25 azulejos*, que vim a publicar em 1994. Como sabes, trata-se de um conjunto fixo de 25 poemas com 11 versos, e não sei te dar as razões disso. Aconteceu. E aconteceu também que nessa época, certa noite, eu sonhei com um poema que eu lia em meio a outras pessoas e que me emocionava muito. Fiquei tomado por uma sensação de absoluto, uma coisa que em princípio não existe, mas que em sonho... sabes como é. O escritor vive da ilusão de que as suas palavras dizem muito... em sonho, então...

E, quando acordaste e não te lembraste de nada, é caso para dizer que ficaste sem palavras, não?

Isso mesmo, senti um estado de graça no sonho que logo se dissipou ao acordar. Eu me lembrava nitidamente da sensação que havia me mobilizado algo próximo da epifania, sei lá... mas nada do poema... ou quase nada, pois o único resíduo que me vinha à mente era a palavra "azulejista". Fiz todo o esforço para me recordar, mas restava só esse pedaço de ímã. A partir daí, caí numa frustração grande e me vi atirado a tentar reconstruir o poema em torno dessa palavra. Claro que já não seria a mesma coisa, mas... por que não tentar? Me ocupei com isso durante meses até chegar à versão final do poema "Azulejista", que veio a ser a espinha dorsal do meu segundo livro.

Não te trará consolo, mas o [Jean-Paul] Sartre, uma figura insuspeita, pois não se lhe conhece muita estima pela poesia, dizia uma coisa curiosa: "o poeta moderno é aquele que se 'engaja' na perda"...

Ah, com certeza, a poesia tem muito de um trabalho de perda. A força do lirismo vem disso, acho, pois os jogos do pensamento poético quase sempre se nutrem de um núcleo emocional em estado de suspensão, e isso pode estar associado ao prazer, à elegia ou à dor e ao passado.

Aliás em Poeira, *o teu último livro, sopesas exatamente o que existe de perda na memória. E no primeiro poema, "Antigamente", tens às duas por três um verso que desmonta a melancolia que o poema vinha armando e que se dá como irrisão: "(ah, os ossos entregues ao chão)".*

Essa autoironia não surge também da nostalgia dos mitos românticos nos estarem vedados?

Engraçado, eu nunca antes havia tomado esse verso por ironia, mas compreendo o que quer dizer... Escrevi o poema, de fato, ao lado de um rio, um riacho pobrezinho, mas honrado, como se diz na minha terra. Ele veio por inteiro e quase não mexi nas palavras, o que é raro na minha escrita. Por acaso (ou não, como saber?), o verso que citaste foi o único que acrescentei à versão final. Talvez motivado pela ideia de suspiro derradeiro dos soldados que vinham morrer às margens dos rios, durante as guerras de antigamente.

Esse verso está depois de escreveres "cada guerreiro valia por um mito/ sugerido nas linhas do céu": aqui ainda se verificava uma unidade entre céu e terra, o alto e o baixo, o sagrado e o profano, mas depois tu rompes com isso e a interjeição que introduzes é tão enfática em relação à dicção do poema que me parece possível entrever nessa linha a derrisão... Nada resta, afinal, depois do mito só sobram os ossinhos, os pedacinhos de ossos do Pessanha... Julgo ser essa a tensão que produz o poema...

Antes, havias falado dos mitos românticos vedados... Olha, eu vejo menos uma polaridade entre seriedade e ironia e vejo mais uma tensão entre alto e baixo, como apontas, que foi uma preocupação minha nesse livro, e então esses dois versos que citaste — "cada guerreiro valia por um mito/ sugerido nas linhas do céu" — correspondiam a certa saturação heroica que conduz o poema e que se vê quebrada pelo verso — "(ah, os ossos entregues ao chão)" —, introduzindo uma voz humana, rente ao coração dos guerreiros tombados. Mas não sou eu quem vai explicar o poema, ora.

Insisto porque tu a seguir tens, no poema "Os três assobios", uma quadra de algum desencanto até em relação à hipótese de transfiguração do mundo pela linguagem: "Um pássaro de papel/ sofre no canto do quintal./ Malfeitas as dobraduras/ asas não levam a nada." Parece-me um livro de reconciliação com a memória, mas com leves atritos, banhado por um leve desencanto...

Malfeitas as dobraduras também os poemas não levam a nada... *(risos)* Eu não me considero uma pessoa em estado de desencanto... mas me lembro que, quando juntei os poemas do *Poeira* pela primeira vez, fiquei surpreso com os textos dedicados ao tema da morte; eu não tinha consciência daquilo... e acabei incorporando, que fazer?

Há um verso terrível no livro que é o da cicatriz: "Um nome apenas/ cicatriz em todos/ em tudo." Ainda por cima estamos a falar de...

Deus... sim... mas, se fores ao norte de Portugal, essa cicatriz está lá. Na minha aldeia, as viúvas ainda hoje carregam essa cicatriz, no olhar e nas roupas.

Um poeta espanhol, o Jorge Urrutia, às tantas escreve num poema: "e o mistério é: reencontra-se o Outono no Outono". Achas que será esse o passo da maturidade, reencontrar o passo das coisas nas coisas?

Concordo. Por um lado é uma charada e, por outro, um convite à humildade, como em *A carta roubada*, do [Edgar Allan] Poe. O mistério está sempre mais próximo do que supomos. O que percebemos do mundo bem pode ser entendido como uma película, um filme tomado à nossa percepção... tão individualista e narcisista nos dias de hoje que levam a uma percepção já por si autossugerida. Só o contato com a natureza tem força suficiente para romper com isso... dizer o não dito.

Então a poesia pode ser uma espécie de interruptor para o humano?

Isso, bela definição. [Gaston] Bachelard, que era um filósofo próximo das questões da poesia, criou o conceito de "instante vertical" justamente para caracterizar esse circuito sensível que a poesia aciona.

Tens trabalhado à volta do [Mário de] Sá-Carneiro, organizaste uma antologia para o Brasil e agora vais publicar um livro sobre "O esfinge gorda". Gostava que desenvolvesses esse tópico teu, que acho muito interessante.

    O meu livro chama-se *Narciso em sacrifício*, fruto de uma tese acadêmica, e deve ser publicado ainda este ano. Se formos ver a poesia do Sá-Carneiro, fica claro que ela se dá com ênfase na primeira pessoa — em que o autor se identifica como ator, sujeito e, por que não?, como *clown* de si mesmo. O que eu procuro nesse estudo é justamente analisar de que maneira a sua poesia representa um eu decaído, que não é mais uma voz típica do simbolismo, mas, sim, uma passagem para a estética moderna marcada por uma profusão de imagens, de forte colorido. Tratado com arte, o fracasso do artista então se torna potência, tal é a radicalidade da sua voz de lamento. Veja: "Nem ópio nem morfina. O que me ardeu,/ Foi álcool mais raro e penetrante:/ E só de mim que ando delirante —/ Manhã tão forte que me anoiteceu". Não esqueçamos que o jovem Sá-Carneiro suicidou-se aos [quase] 26 anos, de uma forma não apenas calculada como anunciada, presente nas suas cartas a [Fernando] Pessoa e na poesia... E os seus versos configuram uma espécie de narciso em sacrifício diante do leitor.

Então achas que é uma espécie de encenação da morte, exposta em espectáculo ao leitor?

    Justamente. Mas com as suas complexidades, claro. Pois há também nele, ao lado do anúncio do fracasso e da morte, uma afirmação das potências da vida... por via inversa: "Um pouco mais de sol — eu era brasa./ Um pouco mais de azul — eu era além./ Pra atingir, faltou-me um golpe de asa.../ Se ao menos eu permanecesse aquém...". Dito de outro modo, mas ainda com as palavras dele: Sá-Carneiro se põe a morrer "à míngua, de excesso".

Isso mostra que tu, apesar de estares no Brasil, sempre estiveste atento à literatura portuguesa. Como é isso de viver aqui e de ter uns soslaios que atravessam o Atlântico? Sentes-te entre as duas margens, entre a atração da poesia da terra dos teus familiares e a que orbita no teu quotidiano próximo?

Para ser franco, eu sinto maior afinidade pela moderna poesia portuguesa do que pela brasileira. Mas lhe digo isto por uma questão de gosto, de personalidade, e não de qualidade, quero deixar claro. Na minha opinião, a poesia brasileira contemporânea é muito marcada por dicotomias acentuadas, herdadas do modernismo de 1922, em que encontramos grande ênfase na oralidade, um traço social forte, mas na qual há um arco de lirismo relativamente limitado. Mas, por favor, não estou querendo dizer com isso que se trata de uma poesia menor... é mais uma questão de repertório e de amplitude do imaginário poético. E como exemplo disso sabemos como é escassa a tradição ou a influência do surrealismo nas terras brasílicas. Já entre os poetas portugueses, pelo contrário, nota-se uma riqueza de vozes realmente magnífica, como no caso de Herberto Helder, Ruy Belo, Carlos de Oliveira, Sophia de Mello Andresen, Eugénio de Andrade e tantos outros. Acho magnífica essa diversidade que diz respeito ao eu lírico, mas também a uma diversidade maior de composição e, por consequência, de identidades poéticas. Por isso, e também pelos laços afetivos, claro, é que a poesia portuguesa ocupa uma parte significativa da minha estante de preferências. Só no futebol é que volto as costas à terrinha: torço pelo italianíssimo Palmeiras, atualmente às tontas, sem saber para onde chutar a pelota.

Referências dos textos

PARTE I — DA POESIA

POESIA CHAMADA AO *FRONT*: ISRAEL E PALESTINA
"Metáforas no campo de batalha". *Folha de S.Paulo*, São Paulo, 9 abr. 2000. Mais!, p. 18. Disponível em: <http://www1.folha.uol.com.br/fsp/mais/fs0904200018.htm>.

AO REDOR DE JOSÉ PAULO PAES
"O cantinho do Zé". *Cult*, n. 22, São Paulo, 1º maio 1999, pp. 50-3. José Paulo Paes, o poeta da brevidade.

HETEROLEITORES NA MULTIDÃO: FERNANDO PESSOA
"Os heteroleitores de Pessoa". *Folha de S.Paulo*, São Paulo, 14 dez. 1997. Mais!, p. 14. Disponível em: <http://www1.folha.uol.com.br/fsp/mais/fs141225.htm>.

O CARTEIRO E O POETA VISTOS NA TELA
"As duas faces da vida poética". *Folha de S.Paulo*, São Paulo, 18 fev. 1996. Mais!, p. 5. Disponível em: <http://www1.folha.uol.com.br/fsp/1996/2/18/mais!/3.html>.

O SER E O TEMPO DE UM CRÍTICO: ALFREDO BOSI
"Primeiras luzes de um aprendiz". In: MASSI, Augusto; MAZZARI, Marcus; MOURA, Murilo Marcondes de; GIMENEZ, Erwin Torralbo (org.). *Reflexão como resistência*. São Paulo: SESC-SP; Companhia das Letras, 2018, p. 283-290.

SABOR DE *MACUNAÍMA* NA POESIA MODERNISTA
"Desvios e continuidades da poesia macunaímica". *Travessia*, Florianópolis, n. 24, 1992, pp. 7-16. Disponível em: <https://periodicos.ufsc.br/index.php/travessia/article/view/17084>.

MODERNISMOS EM CONFRONTO: BRASIL E PORTUGAL
"Dois modernismos em confronto". *Suplemento Literário de Minas Gerais*, Belo Horizonte, edição especial, maio 2001, pp. 12-4.

CONEXÕES POÉTICAS LUSO-BRASILEIRAS
"Diálogo poético Brasil-Portugal: o outro eu próprio". In: COSTA, Horácio (Org.). *A palavra poética na América Latina*: avaliação de uma geração. São Paulo: Fundação Memorial da América Latina, 1992, pp. 89-95.

PARTE II — DOS POETAS

JOSÉ PAULO PAES: EPIGRAMÁTICA EXATA
Inédito.

VINICIUS DE MORAES: O MENESTREL BRASILEIRO
Inédito. (Escrito em 2003, a convite de uma revista de livros que fechou em seguida.)

Rubens Rodrigues Torres Filho: versos de um trapezista
"O trapezista pensando". In: TORRES FILHO, Rubens Rodrigues. *Novolume*: 5 livros de poesia, poemas novos, inéditos, avulsos e traduções. São Paulo: Iluminuras, 1997.

Georges Bataille: explosão em silêncio
"Explosão em silêncio". In: BATAILLE, Georges. *Poemas*. Alexandre Rodrigues da Costa e Vera Casa Noca (Trads.). Belo Horizonte: Editora UFMG, 2015, pp. 18-26. (Em coautoria com Eliane Robert Moraes.)

François Cheng: encontro de duas tradições
"Um poeta que soma duas tradições". *Revista USP*, São Paulo, n. 91, set.-nov. 2011, pp. 166-70. Disponível em: <https://www.revistas.usp.br/revusp/article/view/34869/37605>.

Radovan Ivšić: poesia que sonha
"Poesia que sonha". In: IVŠIĆ, Radovan. *Poesia reunida*. Eclair Antonio Almeida Filho (Trad.). São Paulo: Lumme, 2013, pp. 9-26.

Fernando Pessoa e o *Fausto* moderno
"Novo *Fausto* de Fernando Pessoa". *O Estado de S. Paulo*, São Paulo, 23 nov. 1991. Caderno 2, p. 6.

Mário de Sá-Carneiro: poeta das sensações
"Sá-Carneiro: o rodopio das imagens poéticas". In: SÁ-CARNEIRO, Mário de. *Poesia*. Fernando Paixão (Org., introd. e notas). São Paulo: Iluminuras, 1995.

PARTE III — Do autor

Depoimento: Das asas do eterno às mãos do azulejista
"Das asas do eterno às mãos do azulejista". In: MASSI, Augusto (Org.). *Artes e ofícios da poesia*. Porto Alegre: Artes e Ofícios, 1991, pp. 145-51. (Anteriormente, a leitura do texto foi por ocasião do encontro Artes e Ofício de Poesia, realizado no Museu de Arte de São Paulo [Masp], em maio de 1990.)

Entrevista: Uma voz portuguesa na poesia brasileira
"Lugar cativo entrevista Fernando Paixão". *Construções Portuárias*, Lisboa, v. 1, 2002, pp. 71-87.

CADASTRO ILUMI**N**URAS

Para receber informações sobre nossos lançamentos e promoções envie e-mail para:

cadastro@iluminuras.com.br

Este livro foi composto em Minion, pela *Iluminuras* e foi impresso nas oficinas da *Meta Brasil Gráfica*, em Cotia, SP, em papel off-white 80g.